小説

アメリカ本土爆撃命令

渡部久人
Watanabe Hisato

風詠社

目次

装幀　２ＤＡＹ

一　伊二五潜水艦の戦い

昭和十七年六月二十二日、日本がアメリカと開戦してから既に約半年が経過していた。大日本帝国海軍所属・伊二五潜水艦の発令所内は緊迫した空気が漂っていた。ここは潜水艦の航行や戦闘に関する様々な指示や命令を出す部署である。この発令所内には艦の操船に必要な機器や計器がずらりと並び、発令所要員達がそれらを監視し、必要な指示を行っていた。現在、この艦はアメリカ西海岸オレゴン州沖合約千三百メートル地点の海中に潜んでいた。この伊二五潜水艦は、五月に横須賀軍港を出航して以来、主にアメリカ西海岸で通商破壊作戦を実施していた。この海域を航行するアメリカ国籍を含む全ての交戦国の輸送船等を撃沈することにより、船舶による物資の輸送を妨害する任務である。この艦は、全長約一〇八メートル、常備排水量二五八四トン、二万五千キロメートルもの航続距離を誇る長距離哨戒型の大型潜水艦『巡潜乙型・伊一五型』の六番艦である。乗組員も定員九十四名が乗り組み、無補給で約三か月間にわたる長期作戦が可能であった。これから実施する作戦は、艦の後部甲板に設置している十四センチ単装砲によりアストリア市郊外のフォート・スティーブンス陸軍基地へ夜間砲撃を行うことであった。伊二五潜水艦は、多数の機雷が敷設されたオレゴン州沿岸に侵入し、付近の警備船に悟られないよう慎重に基地近くまで忍び寄り、艦長の攻撃の合図を待っているところであった。

艦長の田上明次中佐は、潜望鏡を覗き込み、海上の様子を窺っていた。艦長といっても決して立派な軍服を着ているわけではない。作業着のような半袖のシャツに五分丈のズボンをまとっている。年齢は四十歳後半、温和そうな顔つきで背丈も中肉中背といったところである。既に伊二五潜水艦は、十七時間以上潜航しており、密閉された艦の内部温度は夜でも三十度を超えていた。そのため発令所内はほとんど皆、艦長と同じように半袖のシャツに五分丈のズボンをまとったような服装だった。やがて田上明次艦長は、潜望鏡をゆっくりとたたむと発令所内の乗組員達に向かって言った。

「よし、付近で漁船が漁をしているようだが問題はないだろう。これから浮上して、予定どおり敵基地へ砲撃を行う。敵基地にここまで接近できたのも、この艦の乗組員みんなのおかげだ。改めて皆に礼を言う。我々が砲撃を開始すれば敵の猛反撃も予想される。この艦も無傷ではいられないかもしれない。だからこそ諸君らは、あらゆる局面にすみやかに対処できるような心構えでいてくれ。」

「艦長、敵は、この艦にまったく気づいていません。こんなに油断している敵が果たして反撃してくるでしょうか。」

一人の若い乗組員が田上明次艦長に尋ねた。

「いや、敵を侮ってはいかん。彼らも警戒しているはずだ。我々は敵本土のすぐ目の前に潜んでいるのだから、くれぐれも慎重に行動することが肝心だ。」

田上明次艦長は、若い乗組員にそう言うと続けて他の乗組員にも語りかけた。

「我々は、一週間程前には竹竿で作った偽の潜望鏡をこの近海に数多くばらまいて、敵国の艦船を混乱させた。その後は通りかかった英貨物船を雷撃にて仕留めている。これほど大胆に通商破壊作戦を行っていれば、当然、我々の存在を敵も認識している筈だ。哨戒機を盛んに飛ばしているのがその証拠だ。次に我々が姿を見せれば、敵も必ずや素早い対応をしてくるだろう。各員、敵の動向に気をつけてくれ。」

それから田上明次艦長は傍らの浅黒い顔の男に向かって言った。

「航海長、浮上したら、予定通り君が砲術長と協力して砲撃の指揮をとってくれ。」

航海長と呼ばれた男は日下部一男という名前で、昭和十六年十月にこの艦が竣工した際にこの艦の航海長として着任していた。日下部一男航海長は着任当時は田上明次艦長のことはあまりよく知らなかったのだが、田上明次艦長に次ぐ階級だったことから艦の運用等について田上明次艦長からよく相談を受けるようになった。そして、田上明次艦長の口調や物腰の柔らかさに接するにつけ非常に好感の持てる人物であると思うようになっていた。また、日下部一男航海長は、田上明次艦長が潜水艦の操船についても、冷静かつ適切な指示ができることも今では十分に承知していた。

「わかりました、艦長。予定通り、浮上後に十四センチ砲にて陸上のアメリカ軍基地へ砲撃を開始します。」

「情報によると敵基地には砲台がある。敵の反撃が始まったら、砲撃途中であろうとすぐにこの海域から離脱する。日下部航海長、いいな、くれぐれも引き際を誤るなよ。よし、浮上開始だ。」

「了解しました。今から艦を浮上させます。三番、四番、五番排水弁開きます。気蓄器より圧縮空気を放出します。」

乗組員達が命令を復唱し、続けて幾つかのバルブや操作盤のスイッチを次々と操作する。日下部一男航海長は浮上の手順を見届けると発令所から出て後部ハッチの方へ向かって行った。田上明次艦長は、それから伝声管で艦内の乗組員に指示を出した。

「艦長から各乗組員へ、かねてからの計画どおり、今から浮上して敵基地への砲撃を開始する。浮上後、各砲術員は直ちに甲板に出て、砲撃戦の準備を行うこと。諸君らの奮闘を期待する。」

艦長の指示が伝声管より響き渡ると、乗組員は皆、これから始まる、世紀の砲撃戦を想像して等しく奮い立った。

伊二五潜水艦は、田上明次艦長の指示どおり浮上を開始した。気蓄器から放出された圧縮空気が、メインタンク内に満たされることで内部に残っていた海水を排水弁から艦外へみるみる押し出していく。メインタンク内の空気が増えるにしたがって艦の浮力が増し、徐々に艦が浮上する。暗闇の中、潜水艦の黒い船体がみるみるうちに海面から現れていった。司令塔の側面に『イ25』という白い大きな表示が見える。付近で漁をしている漁船が、突然海上に現れた日本の潜水艦に気づいたらさぞかし肝を冷やしたことだろう。伊二五潜水艦が浮上を終えるやいなや、幾つかあるハッチが開いて、砲術員たちが飛び出してきた。日下部一男航海長を含めて七人いる。そのうちの二人は中央の司令塔に上り、双眼鏡を取り出した。周囲の警戒及び着弾の状況を観測する役目の者だ。また、敵機が急接近してきた場合は、彼らが近くの二十五ミリ対空連装機銃で応戦して、艦が潜航するまでの時間を稼ぐという役目もあった。残りの砲術員たちは、艦の後部甲板の十四センチ単装砲の周りに集まり、砲撃準備を始めた。伊二五潜水艦に一門のみ装備されたこの砲は砲身の長さは五・六メートルで最大射程は一万五千メートルである。普段は、このままの状態で後部甲板上に据え付けられているが、艦が潜航しても砲口や砲尾から海水が浸入しないよう栓がしてあった。砲術長は土門中少尉といい、頭から首にかけて大きな傷のある男で、部下に的確に指示を与えている。十四センチ単装砲から砲口と砲尾の栓を取り外し、甲板上の即応弾薬庫から砲弾を一発づつ取り出してくる。砲弾は、重さ三十八キログラムで、今回の砲撃用として十七発が使用される予定だった。初弾を装填口に二人がかりで装填すると別の者が、ハンドルを回して砲を目標方向へ向け、また別の者が照準器を覗きながら俯仰角の設定を別のハンドルを回して行う。伊二五潜水艦では十四センチ単装砲の砲撃にかかる一連の操作はすべて人力にて行うようになっていたので、田上明次艦長はこの日のために日本近海で砲術員達を集めて特別訓練を行ってきていた。艦が船尾をアメリカ陸軍基地側に向けて浮上しているので砲の向きはほぼそのままである。砲術員たちはテキパキと手順どおりに作業を続けて砲撃準備を終えると、日下部一男航海長の砲撃開始命令を待った。ここにいる皆が砲撃開始の合図をいまかいまかと待ち望んでいた。

「よし、やるぞ。打ち方はじめ！」

暗闇の中、潜水艦の黒い船体がみるみるうちに海面から現れていった。
司令塔の側面に『イ２５』という白い大きな表示が見える。

日下部一男航海長の号令により土門砲術長が引き金を引き、砲撃が開始された。海上にすさまじい轟音が響き、艦が大きく揺れた。火薬の匂いがそこら中に立ち込める中、砲弾はアメリカ陸軍基地めがけて飛んでいき、やがて基地の近くに着弾し、大きな爆発音が辺り一帯に響き渡った。その音に驚いたように基地内ではけたたましいサイレンが鳴り響き始めた。一方、砲術員たちはそんな様子をじっくりと眺めることもなく空になった薬莢をすぐさま海に向けて放り投げてから次弾の装填に取りかかった。

「着弾を確認、距離三百手前、右に二百ずれています。」

司令塔上の乗組員が双眼鏡で初弾の着弾を確認し、大声でずれを報告する。それを聞いた砲術員たちは、砲の俯仰角や向きを調整して第二射を行う。そしてまた、司令塔の乗組員が双眼鏡で第二射の着弾を確認し、ずれを報告する。その繰り返しでだんだん目標に近づくはずであるが、艦の揺れなどにより、なかなか基地内には着弾しない。第三射、第四射、第五射と砲撃が続く。第六射で基地内への着弾が確認された。基地内はまったく予期せぬ砲撃にパニックに陥りながらもサーチライトで海上をしきりに照らしているが、未だ、伊二五潜水艦の位置がつかめていないようであった。しかしながら砲撃する側も既に八発目を発射したが、いまだ重要施設に着弾したような手ごたえはない。

「もっとよく狙え。敵の反撃が始まるぞ。」

日下部一男航海長は、最初は黙って見守っていたが、なかなか直撃弾がないことにいらだってつい大声を出してしまった。そして、艦長から言われていたことを思い出した。敵砲台の反撃が始まったら、すぐさま砲撃を中止し、砲術員は艦内に退避し、急速潜航を行うという指示だ。事前の打合せ時、田上明次艦長の予想では、砲撃開始直後は敵も混乱するが、こちらが十発目の砲撃を行う頃までには敵も冷静になって反撃が始まるだろう。そして砲撃が始まれば、敵砲手の練度が高ければ、三発目ぐらいには至近弾を被るだろうという予想であった。潜水艦の場合、外殻に穴が空きでもしたら、潜航ができなくなる。また、この艦の十四センチ単装砲には防盾などは装着していないため、直撃しなくても仮に至近弾を被った場合、砲術員たちは爆風により死傷者が多数に上るだろうことは確実だった。日下部一男航海長は、それらを考えると、敵の反撃が始まる前に用意した十七発の砲弾を全弾発射できるよう願わざるを得なかった。

しかし、田上明次艦長の予想に反して最後まで敵の反撃はなく、用意した砲弾は七分ほどで全て撃ちつくした。おそらく五、六発は基地内に着弾したと思われるが、大きな火災になっているような様子はない。しかし、基地内は砲撃が終わってもサイレンが鳴り響き、大騒ぎとなっているようだった。

「よし、砲撃終了。みんな撤収するぞ。」

日下部一男航海長と土門砲術長の指示で砲術員たちは十四センチ単装砲に元どおり砲口と砲尾に栓を取り付けると、全員艦内に入り、全てのハッチを閉めた。この砲撃に砲術員たちだけでなく乗組員は皆、興奮し、満足そうだった。開戦以来、アメリカ本土の敵基地を攻撃した友軍は自分たちが初めてだったからである。潜水艦に搭載された十四センチ単装砲による砲撃であったが、乗組員達にとっては十分であった。

「やつら、ぶったまげて、反撃してこなかったぞ。ざまあみやがれ。」

砲術員の一人が発令所内の前を通りかかった時に興奮して発令所要員に大声で話しかけた。

「あいつら、退避豪にでも潜って、震えているんじゃないか。」

発令所内でも皆、作戦成功に喜び合った。

「よし、深度二十メートルまで潜航。この海域より離脱する。機雷に気をつけろ。」

田上明次艦長だけは冷静に指示を出した。伊二五潜水艦は、艦長の指示どおり深度二十メートルまでゆっくりと潜航していく。やがて、日下部一男航海長が発令所へ戻ってきた。

「艦長、砲撃終了しました。十七発のうち五発は確実に基地内に着弾しました。まずまずの戦果でしょう。」

「そうか、ご苦労だった。あとは、うまく逃げ切るだけだな。」

田上明次艦長は、日下部一男航海長をねぎらうと、艦を沖合の水深の深い海域へ針路を向けるよう操舵手に指示を出した。伊二五潜水艦は、時速二ノットの速度で水中をゆっくりと進んでいった。

「艦長、上空から飛行機が近づいてきます。」

それまで聴音機のレシーバーを耳に押し当てていた聴音員が慌てて叫んだ。

「水面に、何かが投下されたようです。」

続けざまの報告に発令所内は緊迫した空気に包まれた。次の瞬間、近くで何かが爆発する音が響き、艦が揺れた。敵飛行機からの爆雷攻撃であった。

「艦長から各員へ、被害状況を報告せよ。」

伝声管を通じて大声で伝える。特に被害報告はないようだ。

「発見されたのか。」

誰かが慌てて叫ぶ。

「いや、大丈夫だ。爆発音は、かなり離れていたようだ。この辺りは機雷だらけで、民間船が通過可能なこの航路だけが機雷が敷設されていない。だから我々の潜水艦がこの航路上にいるものと考えて攻撃をしかけてきたのだろう。敵機の現在位置はわかるか？」

艦長はそう言って聴音機を操作している乗組員に尋ねた。

「艦のかなり前方にいると思われます。あっ、敵機は遠ざかっていくようです。」

聴音機を操作している乗組員は、そう答えながらも必死に飛行機の音に耳を傾け続けた。海中にいる伊二五潜水艦にとって上空にいる飛行機を探知する方法は音しかなかった。飛行機が発するエンジン等の音が海水を伝わり、艦の水中聴音機で聞き取っているのだった。

「艦長、敵機がまた戻ってきて爆雷攻撃があるかもしれません。今のうちにもう少し深く潜りましょう。」

日下部一男航海長はそう言うと深度計に目をやった。この辺りの深度なら後二十メートルは潜れるだろうと考えたのだ。

「よし、深度四十メートルまで潜航し、触雷しないようこの航路のぎりぎり端を進もう。それから、飛行機の接近に警戒せよ。」

伊二五潜水艦は、深度四十メートルまで潜航し、機雷原を避けて慎重に進んだ。しばらくの間、発令所及び艦内では誰もが周囲の岩や海底に艦が接触しないか固唾を呑んで耳をすましていた。


先程の爆雷攻撃から約四時間が経過した。あれから何も起きない。艦は既に機雷原を通過し、速度も時速六ノットに上げて潜航したまま進んでいた。少しづつ発令所内の空気が安堵のものへと変化していった。

「艦長、どうやら逃げ切れたようですね。」

日下部一男航海長はほっとしたように言った。既に日付は二十三日になっている。

「ああ、そうだな。このまま、十八時まで潜航したまま進み、その後浮上して司令部へ報告しよう。しばらくの間、ここは航海長にまかせるよ。」

田上明次艦長は蓄電池の容量を確認しながら言った。伊二五潜水艦は、浮上時は二基のディーゼル機関、潜航時は二基の電動モーターによりスクリューを回して推進力を得るが、この電動モーターを動かすのに必要な電気は電池室に搭載されている二百四十個の蓄電池により得ている。これらの蓄電池は、浮上時にディーゼル機関を用いた補助発電機にて充電される。そして、蓄電池が満充電の状態であれば、艦は約三十時間以上も潜航したまま航行できるのである。

「よし、艦長から各員へ、戦闘状態を解除する。通常の当直に戻して、当直以外の者はゆっくり休んでくれ。本艦は、本日十八時まで潜航したまま航行し、その後浮上して海上航行に切り替える。既に二十二時間以上潜航しているので息苦しくなると思われるが、当直でない者はなるべく横になって呼吸数を減らすようにしてくれ。」

田上明次艦長は、最寄りの伝声管を通じて艦内に伝えた後、日下部一男航海長の方を振り向いて言った。

「航海長、それでは後を頼むよ。」

「はい、艦長。それから、次に浮上した際に、甲板上の即応弾薬庫に艦内の弾薬庫から、砲撃に使用した分の砲弾を補充しておこうと思いますが、よろしいですか。」

日下部一男航海長は、先程の砲撃で甲板に設置している即応弾薬庫が空になっていたので田上明次艦長に進言した。

「そうだな、浮上したら、砲術員達に艦内の弾薬庫から補充してもらおう。土門砲術長に伝えておいてくれるか。」

「わかりました。砲弾の件は土門砲術長に伝えておきます。それでは、艦長。ゆっくり休んで下さい。」

日下部一男航海長はそう言うと、発令所から出ていく田上明次艦長を見送った。

「日下部航海長殿、砲撃、うまくいって良かったですね。」

若い聴音員が耳にレシーバーを押し当てたまま日下部一男航海長に向かって言った。

「そうだな、こんなに機雷が敷設されているんだ。この機雷の間を縫って敵基地に接近するなんて『甲標的』のような二人乗りの小型潜航艇でないと無理だろうと思っていたが、こんな図体のでかい潜水艦でやってのけるんだからな。」

「あそこまで敵基地に接近できるとは思いませんでした。艦長が漁船の跡をたどって沿岸に接近すると言った時は、さすがにびっくりしました。」

「艦長は、大胆さと慎重さを兼ね備えた優秀な指揮官だよ。この半年間の戦果も艦長の卓越した指揮能力の高さを示しているからな。まったく、あの人の指示は、的確だよ。いずれあの人は、第一潜水部隊随一の名艦長と言われるようになるよ。」

「よかった、そんな艦長が指揮しているこの艦は絶対に沈みませんよね。」

「ははは、おっと、そんな事を話している場合じゃないな。まだ、この辺は敵の勢力下なんだからな。敵艦船のスクリュー音を聞き逃すなよ。油断は禁物だ。」

「はい、航海長殿。」

その時、発令所に別の乗組員が入ってきて、若い聴音員に向かって言った。

「交代だ、飯に行ってこい。」

「えっ、行ってもいいんですか。まだ交代時間になってないですよ。」

若い聴音員は艦内の時計を確認しながら言った。伊二五潜水艦では、聴音担当は四人が三時間交代で行っていた。潜航中の潜水艦にとって、迫りくる危険を探知する方法は音に頼らざるを得なかった。危険をいち早く察知して対処するためにも敵艦船のスクリュー音、飛行機の爆音、爆雷が海上に投下された音などを正確に聞き取る必要があった。そのために、潜水艦の外壁に複数の捕音器を取り付け、捕音器が捉えた水中の音波を増幅した上で、常に聴音員の一人が聞き取っていたのだった。そして、その他の機器類についても三人ないしは四人が交代して操作していた。乗組員は、大抵複数の持ち場を持っていて、通常の状態では、乗組員達が順番にその業務をこなしていた。もちろん、浮上すれば、艦の点検や海上の見張り、蓄電池の充電、気蓄器への圧縮空気の注入というような業務が増えることになる。そして戦闘になれば全員がそれぞれの持ち場につくことになっていた。

「行っていいよ。三日前に当直を代わってもらったからな。それよりも、今日は敵基地に打撃を与えたからお祝いだぞ。赤飯だ。」

「あっ、俺、赤飯大好きです。それに実はずっと戦闘待機状態で緊張していたので七時間以上も飯を食っていなくて腹ペコなんですよ。」

「だったら早く烹炊室へ行けよ。腹が減っているんだろ。」

若い乗組員は手早く引継ぎを済ませると嬉しそうに発令所から出て行った。伊二五潜水艦の中は、海上や海中を航行するために必要な様々な機械に占有されていて人間の居住スペースは極端に狭い。そのため休息中に娯楽や運動に興じるような設備などはなく、乗組員の唯一の楽しみは食事とも言えた。ただ、横須賀軍港を出航して既に四十日が経っているため、生鮮食品はとっくになくなり、今は缶詰や乾燥食品中心の食生活だった。主食は白米だが、副食は、様々な食品を缶詰に加工したものが主で、これを電気釜や電熱線式レンジを使って調理していたのだった。


伊二五潜水艦は、その後オレゴン州の沖合を離れ、六月二十七日にダッチハーバー南方沖に到達し、そこで三日間にわたり情報収集を行った後に帰途についた。昼間は潜航したまま約七ノットで進み、夜間は浮上して約二十ノットで進んだ。浮上中は、司令塔に見張が上り周辺を警戒するのだが、この時ばかりは新鮮な外の空気が吸えるので、見張を嫌がる者はいなかった。また、夜間には通信士が無線通信機を使用して潜水艦隊司令部と定時連絡をとるのだが、日本に近づくにつれ送受信の状況が良くなっていった。そして七月十四日の朝、田上明次艦長が発令所に顔を出した時のことだった。

「田上艦長、東京の軍令部より藤田飛行長宛に無線で命令書が届いていますが、ご覧になりますか。」

通信士が、田上明次艦長に命令の内容を書き込んだ紙を差し出しながら言った。

「軍令部からの命令書か。」

田上明次艦長は、その紙を受け取って文面に目をやると通信士に言った。

「うむ、心当たりがある。藤田飛行長には私が届けるよ。」

「えっ、艦長、お願いしてよろしいのですか。」

「構わんよ。狭い艦内だ。それでは、行ってくる。」

田上明次艦長は、通信士にそう言うと発令所から出ていった。


伊二五潜水艦には、小型水上偵察機『零式小型水上機』が一機だが搭載されている。普段は折り畳んで甲板の大きな格納筒に入れているが、偵察が必要な場合は甲板上で組み立て、圧縮空気を利用した射出機で大空へ向けて射出するのである。飛行速度は遅く、長時間の飛行はできないが、操縦士と偵察員の二人乗りとなっていて、潜水艦近辺の偵察任務には十分な性能を備えていた。そして帰還時は、海上に着水し、潜水艦のクレーンで持ち上げて甲板へ運び、また折り畳んでから元通りに格納するのである。藤田飛行長は、この小型水上偵察機の操縦士だった。

「藤田飛行長、いや、藤田信雄兵曹長、邪魔するぞ。」

田上明次艦長は、薄暗い蛍光灯の下で寝台に横になりながら手帳の中身を眺めている藤田信雄の傍らから声をかけた。藤田信雄は、年齢は三十歳、精悍な顔つきをしている。藤田信雄は、田上明次艦長に気づくと手帳を閉じて慌てて起き上がった。手帳には、藤田信雄が小型水上偵察機で出撃した際の記録が詳細に記載されていた。小型水上偵察機の出撃日時、行先、飛行時間、発見した艦船等を毎回、几帳面に記録していた。

「艦長、私を呼ぶ時は『飛行長』だけで構いませんよ。『飛行長』は、この艦では私一人なのですから。それで一体どうされました。」

「うん、先程、君宛に軍令部から命令書が届いた。八月一日に東京の軍令部へ出頭せよとのことだ。」

そう言って田上明次艦長は、藤田信雄に通信士から預かった紙を手渡した。

「軍令部がですか。」

藤田信雄は不安そうに言った。

「多分、二月に君が上層部宛に提出した上申書の件ではないかな。まあ、悪い話ではないだろう。そんなに不安そうな顔をするな。」

藤田信雄は、潜水艦搭載の小型水上偵察機に爆弾を搭載して、敵船舶に爆撃を行う戦法を上層部に対して上申していたのである。もちろん、これは田上明次艦長の許可を得て上申したものだ。今回の軍令部への呼び出しは、この上申書に対する何らかの回答であることは推察できた。

「そうだといいんですが。私は、今回の航海でも偵察任務のために水偵を飛ばしました。確か、二回目の偵察任務の際に単独航行している敵の輸送船を見かけました。この艦から北北西に約七十キロメートル程離れており、しかも遠ざかっていましたので攻撃対象にはならないと判断しましたが、もし、水偵に爆弾が搭載できるようになっていれば、輸送船を爆弾で航行不能にすることぐらいできたかもしれないと思うと残念です。」

「うむ、この艦に積んでいる魚雷の威力がいくら大きくても、それほど離れていて、しかも遠ざかって行く船舶に追いついて雷撃することは難しいからな。」

潜水艦搭載の偵察機を飛ばして、遠方に敵船舶を発見できても、こちらに向かっている船舶でなければ攻撃する事は困難だった。伊二五潜水艦が海中を航行する速度は最高でも時速八ノットと遅かったので追いつけない事が多かったからである。もちろん、発見した敵艦隊の位置や陣容を司令部に報告することが偵察機の主任務であるのだが、近くに味方艦隊がいるとは限らなかった。そのため、せっかく発見した敵船をみすみす取り逃すことも多かったことから、潜水艦搭載の小型水上偵察機に爆弾を搭載して、その敵船に対して爆撃を行うという案を上層部に対して上申した訳であった。

「艦長、私は早く今の水偵に爆弾を搭載できるようにしてもらいたいと考えています。この水偵は、機体も軽く、扱いやすいとてもいい飛行機です。組み立てても容易で発進までの時間も短い。だから、あとは、三十キロ爆弾くらいでもいいので搭載できるようになれば、この水偵は、もっと活躍できると思います。」

「そうか。私は、昨年この潜水艦の艦長になって、初めて潜水艦から小型水上偵察機が発進する様を見せてもらったが、大日本帝国海軍の技術力は素晴らしいと思ったよ。君の要望する爆弾搭載についても、きっと実現してくれるだろう。」

田上明次艦長はにこにこしながらそう言った。

「わかりました、艦長。とにかく八月一日に東京の軍令部へ出頭し、どのような話なのか聞いてきます。」

「うん、二か月以上も潜水艦勤務だったんだ。陸にも上がれずにさぞ窮屈だったろう。横須賀に着いたら、まずはゆっくり風呂に入って、それから美味い飯でも食え。兵食には飽き飽きだろうからな。」

「そうですね、食事は仕方ありませんが、ともかく風呂に二か月以上入れないのはつらいですね。体を拭くだけでは、汚れがなかなか落ちませんよ。」

潜水艦には風呂やシャワー設備はない。乗組員は、ディーゼル機関の熱を利用して蒸留した僅かな真水を各自、数日おきに受け取り、その真水で体中を布で拭くのみであった。そのため、乗組員には皮膚病を患う者が多く、軍医長の主な仕事はその治療であった。

「そうか、まあ、それも慣れだよ。それに、おそらく八月の中頃からは次の任務でまた長期の潜水艦暮らしだ。それまでは十分に英気を養っておいてくれ。」

田上明次艦長はそう言うと発令所へと戻っていった。

伊二五潜水艦は、七月十七日に横須賀軍港へ帰港した。乗組員たちは、軍港の整備員へ艦の補修及び整備にかかる引継ぎ事項を済ませると約三週間の休暇をとることになった。潜水艦の乗組員には、過酷な潜水艦勤務の合間に、このような長期の休みが必要とされた。それほど、乗組員達は皆、肉体的にも精神的にも消耗していた。約二か月間にわたり、アメリカ本土近海で通商破壊作戦に従事していた間、敵駆逐艦や哨戒機に発見されそうになるなど、何度も危険な目に遭いながら任務を遂行してきたのだ。皆、今回も無事生還できたという喜びをかみしめながら、ひと時の休みに興じるのである。だが、藤田信雄と田上明次艦長については、この休暇中、それぞれが呼び出しを受けていた。藤田信雄は、八月一日に東京の軍令部へ、田上明次艦長も八月七日に横須賀にある潜水艦隊基地の司令部へ出頭したのだった。

二　小型水上偵察機

　昭和十七年八月七日、田上明次艦長は、潜水艦隊基地の司令部で次の任務の説明を受けた後、憂鬱そうな表情で基地の通路を歩いていた。それは今回の任務が、自分の予想とは、かけ離れた任務であったことで困惑しているのだった。田上明次艦長には、今回の任務は軍令部が立案した作戦とはいえ、そううまく計画どおりにいくとは思えなかった。田上明次艦長は、作戦の内容を思い出すと溜息が自然と漏れるのだった。そんな時、田上明次艦長は基地の廊下で稲葉通宗少佐と出会った。この稲葉通宗少佐が指揮をしていた伊六潜水艦が、一月にアメリカの空母『サラトガ』を魚雷攻撃により撃沈したことが報じられると、皆からその戦功を称えられ、一躍有名人となっていた。

「よお、田上じゃないか。久しぶりだな。聞いたぞ、大胆にもアメリカ本土の敵基地の目の前に浮上して、十四センチ砲で砲撃したそうじゃないか。俺も、お前の艦の世紀の砲撃戦を特等席で見物したかったたな。」

　田上明次艦長は、稲葉通宗少佐に気づくと苦笑いをした。

「稲葉か、久しぶりだな。世紀の砲撃戦は言い過ぎだ。まあ、相手基地からの反撃がなかったからよかったよ。そういえば、お前こそ空母を沈めた功績で、今度は新造潜水艦の艦長に抜擢されたらしいな。」

「ああ、伊三六潜だ。お前と同じ型で、今の艦よりも一回りでっかくなったよ。速度も速いし、水偵も搭載する予定だ。だが、でっかくなった分、乗組員もかなり増える。まずは訓練だな。出撃はおそらく九月頃だ。」

「そうか、水偵を積むのか。それなら腕のいい搭乗員がいるといいな。」

「うむ、お前の艦の藤田のように優秀な搭乗員が欲しいところだな。」

稲葉通宗少佐は、現在、乗組員の選別をしているところだった。今日も潜水艦基地の司令部へと出向き、人事について注文をつけにきたところだった。

「そうだ、今日、司令部でうちの乗組員二名について転属命令を受け取ったよ。君の艦へ転属らしい。よろしく頼むよ。」

「そうか、お前の部下なら安心だ。それはそうと、司令部からの帰りのようだが、次の任務の説明だったのか。」

稲葉通宗少佐は、興味深々といったふうだ。

「まあな。今、任務について説明を受けたところだ。」

「どうした、田上。あまり乗り気ではなさそうだな。さては陸軍物資の輸送任務でも押し付けられたか。」

稲葉通宗少佐は、ますます興味深々だ。

「いや、そうではない。極めて困難な任務だ。今度ばかりは作戦の成否どころか全員無事に帰還できるかもわからない。まったくもって頭が痛いよ。」

田上明次艦長は稲葉通宗少佐に向かって憂鬱そうに言った。

「そうか、お前のことだ。大丈夫とは思うが武運を祈っているよ。」

「ありがとう、お前もな。」

田上明次艦長はそう言うと、稲葉通宗少佐に別れを告げて宿舎へ向かった。田上明次艦長は、稲葉通宗少佐と話して心が少し軽くなったと感じていた。どんな任務であろうと今までどおり作戦の内容についてよく検討し、万全の準備をしておく。そして、そのためには、自分の考えだけでなく、部下の意見をきちんと聞き、任務達成の障害となるような要因を洗い出しておこうと考えたのであった。


田上明次艦長は、休暇あけの八月十日に乗組員のうち士官級の者達を潜水艦基地の会議室へ招集した。伊二五潜水艦には広い部屋がないため、毎回、この会議室で新しい任務についての説明を士官達へ行っていた。任務の内容の詳細な説明を士官達に行うことで、作戦地の情報や作戦についての問題点を共有するようにしていたのだった。真夏の会議室は暑く、天井に取り付けられた扇風機が勢いよく回っているものの決して涼しいとはいえなかった。室内には、航海長の日下部一男少佐、機関長の坂元大尉、水雷長の海江田大尉、通信長の本田大尉、砲術長の土門中少尉等士官級の者達の他、藤田信雄飛行長、奥田省二偵察員、片倉整備兵曹といった士官外の者もいた。中でも藤田信雄が田上明次艦長の横に座っていることから、皆、今回の任務は小型水上偵察機が関係していることを漠然と感じとっていた。

「みんな、今回、わが艦は八月十五日に、ここ横須賀軍港を出航し、前回と同様、アメリカ西海岸方面へ向かう。主任務については後ほど説明するが、まずは転属命令について、皆に報告しておこう。」

田上明次艦長は、司令部で受け取った転属命令書を見ながら、機関部と水雷部からそれぞれ一名づつが新鋭潜水艦へ転属することを告げた。また、新鋭潜水艦の名称は、伊三六潜水艦で、九月に就航すること、そして艦長を稲葉通宗少佐が務めること、そして、伊二五潜水艦への補充要員として呂号潜水艦出身の二名が配置されることも付け加えた。

「次は残念な知らせだ。四月に呉から出航した伊二八潜が沈んだらしい。消息不明だったが、矢島安雄艦長以下全員が戦死と認定された。」

田上明次艦長は、残念そうに言った。

「田上艦長、伊二八潜は今年の二月に竣工したばかりの艦ですよね。一体、どこでやられたんですか。」

田上明次艦長よりも年配で、白い口髭を生やした海江田水雷長が、低い声で艦長に尋ねた。

「トラック島付近で消息不明となったらしい。親しい者でも乗っていたのか。」

「ええ、昔の部下が何人か乗ってました。そうですか、全員戦死ですか。」

海江田は、悲しそうにつぶやいた。太平洋戦争が始まって以来、潜水戦隊にも少なからず戦死者が出ている。これから先も多くの者が戦死することは皆もわかってはいたが、やはり見知った者が戦死したことを告げられれば感傷的にならざるを得なかった。

「伊二八潜は、本艦の同型艦なので九十四名が乗っていたことになる。皆も乗組員達の冥福を祈ってやって欲しい。」

田上明次艦長は、しばらく間を空けてから続けた。

「さて、本艦の主任務だが、前回の通商破壊作戦に加え、今回は水偵でアメリカ本土を爆撃することになった。」

田上明次艦長の語った任務の内容にびっくりして皆、一様に静まり返った。ここにいる誰もが予想もしていなかった任務だったからだ。やがて日下部一男航海長が、ゆっくりと口を開いた。

「艦長、うちの水偵は偵察用で確か爆弾は積めない筈です。仮に機体を改装して爆弾を搭載できるようにしたとしても、本来の爆撃機と比較して非力な機体なので、せいぜい六十キロ爆弾が一発ぐらいでしょう。とても、まともな爆撃はできませんよ。」

それは日下部一男航海長だけでなく他の全員が思ったことだった。海軍の爆撃機であれば、最低でも二百五十キロ爆弾を搭載できるようになっている。今回、非力な潜水艦搭載の小型水上偵察機がアメリカ本土爆撃のような重要な任務を担ったのか皆理解できなかった。

「航海長の意見はもっともだ。あの非力な水偵にとって爆撃は確かに荷が重い。もう少し具体的に作戦の内容について説明すると、改良を施した水偵に焼夷弾を搭載し、アメリカ本土のオレゴン州の広大な森林に投下して、この一帯の森林を焼き払うということが今回の作戦内容だ。焼夷弾は、通常の爆弾と違って破壊力は小さいが、着弾すると四方八方に破片が燃えながら飛び散るために、森林を焼き払うという今回の任務にはうってつけらしい。司令部の説明では、水偵に搭載できる程度の焼夷弾でも十分に、今回の目的を達成できるそうだ。前回の航海で我々は沿岸にあるアメリカ軍基地に対して砲撃を行ったが、今回は爆装した水偵を使用することにより、海岸からずっと内陸の攻撃目標に対して攻撃を実施することができるようになる訳だ。」

田上明次艦長はそう言うと、まわりを見渡した。しかし、会議に参加したみんなはかつてこのような作戦を実行したという潜水艦の話は聞いたことがないこともあり、内心不安を覚えているようだった。

「艦長、上からの命令であることはわかりますが、今までに潜水艦搭載の水偵を陸上攻撃に使用したという話は聞いたこともありません。そもそもあの水偵は、速度も遅く、武装もないに等しい。そして我々は、発進した水偵を援護することもできません。敵地に侵入できたとしても、爆撃するどころか、すぐに発見されて撃墜されてしまうのではないですか。司令部は、今回の作戦を一体どのような経緯で立案されたのでしょうか。」

日下部一男航海長は、小型水上偵察機を使用した今回のアメリカ本土爆撃作戦には納得がいかないようだった。

「確かにそうだ。小型水上偵察機を今まで攻撃に使用したことはない。実は、今回のような水偵を使った爆撃の実施については今年の二月にここにいる藤田飛行長が司令部に上申していたのだ。そして今回の作戦については、藤田飛行長が八月一日に東京の軍令部に出頭した際に、作戦担当の井浦中佐から直々に言い渡されたそうだ。藤田飛行長、君からこの作戦の詳細を皆に説明してやってくれ。」

藤田信雄は、田上明次艦長から言われるとその場で立ち上がった。

「飛行長の藤田です。私からこの作戦の詳細を説明させて頂きます。まず、今回の作戦は、四月十八日にアメリカが行った帝都ほか各地への無差別爆撃に対する報復攻撃になります。あの爆撃で日本は軍関係施設だけでなく民間人が少なからず犠牲になりました。そこで、今度は、わが軍がアメリカ本土を爆撃することになりました。しかし、我々帝国軍人はたとえ敵国であろうと、民間人に犠牲が出ないように考慮しています。だからこそ軍令部は、今回のようにアメリカ本土の広大な森林を焼夷弾にて焼き尽くすというような作戦を立案したそうです。」

藤田信雄は、皆に聞こえるような大きな声で言い、まわりを見渡した後、言葉を続けた。

「私は、八月一日に東京の軍令部へ出頭し、作戦担当の井浦中佐に会いました。そして、そこで以前駐在武官としてシアトルにいたという副官からアメリカ本土に対する爆撃の説明をうけました。正直な話、最初は爆撃と聞いて、何か重要な軍事施設が目標と考えましたが、実際は艦長が説明したようにオレゴン州の森林を焼き払うことが爆撃の目的でした。」

藤田信雄がその副官から聞いた内容は次のとおりだった。

アメリカ大陸の西側には大きな山脈と広大な森林が広がっている。この広大な森林では時折大規模な山火事が発生することがある。そして一旦、山火事が広がれば、消火もままならず、何日も燃え続け、付近の町にも大きな被害が生じるとのことである。よってこの森林に対して上空から焼夷弾による爆撃を行えば同様の効果が見込め、また、日本軍に対する脅威を現地の民心へ植え付けられるという説明であった。

「この作戦が成功すれば、アメリカ軍は本土の防衛のための戦力を大幅に割かざるを得なくなると同時に、アメリカ人の世論も日本と戦うことに消極的になるとの事でした。私も戦況が少しでも有利になるのであれば是非、実行すべきであると思いました。」

今までの説明を聞いていた本田通信長は、懐疑的な表情を浮かべて藤田信雄に尋ねた。

「水偵に焼夷弾を積んで、爆撃するということだが、水偵一機程度の爆撃でそんなにうまく大規模な山火事を起こせるものなのかい。」

藤田信雄は、本田通信長の質問に即座に答えた。

「爆撃は三回に分けて実施します。一度に焼夷弾を二発、三回で合計六発の焼夷弾を森林に投下することになります。」

それを聞いた皆はまたも一様に驚いた。ただでさえアメリカ本土近海での小型水上偵察機の発進及び収容は危険を伴うのにそれを三度も行おうというのであった。もし、小型水上偵察機の発進のために伊二五潜水艦が浮上している際に敵から発見されれば、当然、艦は攻撃を受けるし、小型水上偵察機にしても仮に無事に発進できたとしても飛行中に敵の哨戒機にでも発見されれば、こちらは敵機よりも速度が大幅に劣るのであるから、追い回された挙句に撃墜されることは必至である。三度出撃して三度とも生還することは不可能だと誰もが思った。

「大丈夫です。敵機に見つかるようなへまはしません。必ず、三度とも爆撃を成功させて艦に生還してみせます。」

藤田信雄は、まわりを見渡すと自信ありげに皆に向かって宣言した。

「藤田飛行長は、腕に自信があるようだが、アメリカ本土の防空網についての情報はあるのか。それこそ、アメリカ本土に近づいただけで、迎撃機が上がってきて撃ち落されるかもしれないのだぞ。」

坂元機関長は、藤田信雄の考えがあまりに甘いように思えてそう尋ねた。

「はい、坂元機関長が心配される点についてですが、作戦担当の井浦中佐の話では、オレゴン州付近は比較的、手薄なので水偵での侵入は可能であるとのことでした。もちろん、その点も考慮して立案したとの説明でした。」

坂元機関長は、藤田信雄の説明を聞いてもあまり納得はしていないようだった。

「藤田飛行長、軍令部の説明は、おそらく開戦時の情報ではないのか。現在も手薄なのか確認はしたのか。」

「いえ、そこまでは確認していません。」

藤田信雄が正直にそう言うと、田上明次艦長が横から助け舟を出した。

「坂元機関長、私も潜水艦基地の司令部で確認したが、このオレゴン州付近の空域が現在でも比較的、手薄な事は間違いないようだ。我々は、この情報を信じるしかないだろう。もちろん、情報が誤っている可能性も考えておかねばならないと思う。それではいけないだろうか。」

「いえ、艦長が司令部で確認しているのでしたら、私は異存ありません。」

田上明次艦長が説明すると、坂元機関長も納得したようだった。


「みんな、聞いてくれ。作戦の経緯と内容は、藤田飛行長が今言ったとおりだ。隠密性に優れた我々の潜水艦でアメリカ本土の沖合まで近づき、浮上後に水偵を発進させて、オレゴン州の森林を爆撃するということだ。六発の焼夷弾と爆弾投下装置を取り付けた新しい水偵は、一両日中にも届くようになっている。今回の作戦は潜水艦搭載の水偵を爆撃に使用する初めての作戦になる。皆も不安だろうが、協力して欲しい。だが、幾つか不安材料もあるのも確かだ。その点も含め、これから、それらについて説明をしておきたい。」

田上明次艦長は、黒表紙の手帳を胸ポケットから取り出すと、印をつけていたページを開いてから読み上げた。

「まず、焼夷弾だが、一発当たり七十六キロの重さがある。これを一度に二発、水偵に搭載することになる。これはこの非力な水偵にとってかなりの重量増となる。水偵を発進する際には十分に気をつけないといけない。また、この状態での発進は射出機を使用した発進に限られるだろうし、重量増の状態で長時間にわたり安定した飛行ができるのか、はなはだ疑問がある。」

田上明次艦長が、焼夷弾の重さについて不安があると読み上げると、藤田信雄は、すぐに皆に説明を始めた。

「その点については、私も軍令部で尋ねました。すると、今回のように森林を焼き払うには、このくらいの焼夷弾がどうしても必要だと言われました。この焼夷弾であれば半径百メートルを焼き払うことができるので、確実に山火事を起こせるとのことでした。また、焼夷弾二発の搭載に伴う重量増については、飛行中多少のふらつきは生じるかもしれないが、私の技量ならば十分に飛行可能だろうと言われました。この点は軍令部も海軍航空技術廠に確認済とのことでした。もちろん、射出機による発進で問題ありません。」

藤田信雄からこう言われて田上明次艦長はしばらく考えてから言った。

「そうか、だが、私は、事前に模擬爆弾を使用した発進及び爆弾投下演習が必要と考えている。藤田、奥田、それに片倉、出航後、八月十六日にでも海上で演習を実施するので準備をしておいてくれ。」

三人はそれぞれが頷いた。

「次は、水偵の組み立て及び帰投時の機体の収容作業だが、アメリカ軍の哨戒圏内での作業になる。なるべく短時間で作業が終えるよう手順の見直しを行う。これも八月十六日に演習を実施するので各水偵作業員にはその旨を通達しておいてくれ。見直しは、場合によっては数日間にわたって行うこともありうる。」

潜水艦搭載の小型水上偵察機を運用する場合、操縦士と偵察員、それに機体整備員は専門の要員がその潜水艦に乗り込むが、小型水上偵察機の組み立てや機体の収容作業は、機関部や水雷部などの乗組員が応援として実施するようになっている。小型水上偵察機運用の手順書に基づき、それぞれの艦に配属された整備兵曹の指揮下でこれらの作業を水偵作業員達が行うのだ。現状でも小型水上偵察機の組み立てや機体の収容にかかる時間は水偵作業員の努力により短くなっているのだが、田上明次艦長はこの作業時間を更に短縮しようと考えていた。潜水艦にとって浮上して姿をさらしている間は敵に発見され、攻撃される可能性が高くなる。特に小型水上偵察機の収容は艦を一時的に停止して行うので、敵に発見された場合、攻撃を避けることができなくなってしまう。そのため、他の潜水艦では、小型水上偵察機が帰還した際には、機体を海中に投棄して搭乗員のみを収容したという事例もあった。

「そして、水偵の発進及び収容地点をどこにするかだ。作戦命令書にはおおよその発進地点は指定しているが、現場の判断で最適な地点を選択して構わないとのことである。しかし、今まで、陸上目標に対しての爆撃に潜水艦搭載の水偵を使用した事例がないので参考となるような記録もない。ただ、アメリカ本土に近づき過ぎれば、我々の艦が発見される危険が大きくなる。だからと言ってあまり遠くから発進した場合、目標までの距離が長くなり燃料が足らないといった問題が生じる。それに帰投時、水偵が着水するにはなるべく外洋よりも穏やかな内海がいいだろう。藤田飛行長、これらをふまえて爆撃地点までの詳細な侵入路の案を考えてくれ。」

「わかりました。水偵は、元々航続距離が短いのですが、今回、重さ七十六キロの焼夷弾二発を搭載して飛ぶので燃料消費も大きくなり、航続距離も更に短くなると思われます。ですので可能な限り陸地に近づいてから発進し、その後飛行方向を何回か変更しながら爆撃地点を目指すというような基本の案を作成しようと思います。その案を皆で検討するということでよろしいですか。」

藤田信雄は、田上明次艦長にそう言った。

「そうだな。案ができたら航海長達とも検討しよう。それから、奥田偵察員は何か気がついたことはないか。」

「艦長、爆撃後の水偵の収容地点についてですが、夜間で周囲が真っ暗な場合や艦の位置が陸地から遠く離れると帰投時に艦を見つけられなくなる可能性があります。何か目印があると良いのですが。」

奥田省二は心配そうにそう答えた。小型水上偵察機は二人乗りだが、奥田省二は藤田信雄の後ろの席に座り、飛行距離や方位から地図上のどこを飛んでいるのか確認することにより水偵を目的地まで誘導するという役目もあるのだ。特に広大な海洋では一旦、小型水上偵察機で発進すると、周りは全て大海原であるため、潜水艦から遠く離れるほど帰投する方向を誤る危険性があった。

「わかった、それも検討しよう。他にもあればまた教えてくれ。」

田上明次艦長は、手帳に問題点を書き込みながらそう言った。

「艦長、我々は水偵が戻るまで海上で待機するのですか。」

日下部一男航海長は、艦長に尋ねた。

「これは、私の考えだが、水偵の発進後、一旦、潜望鏡深度まで潜航し、収容予定時刻直前になってから再度浮上しようと考えている。」

「もし、収容予定時刻を過ぎても水偵が戻らない場合は、どのくらい待つつもりですか。」

日下部一男航海長は、続けて艦長に尋ねた。

「そうだな、考えたくないが、帰還予定時刻を三十分過ぎても藤田達が戻らなければ、作戦は失敗、二人は戦死と認定せざるを得ないだろう。藤田に奥田、それでいいか。」

田上明次艦長は申し訳なさそうに藤田信雄と奥田省二に尋ねた。

「構いません、艦長。我々が戻らない場合、艦はすぐにその場から離れて下さい。我々は降伏も、捕虜になるつもりもありません。最後まで戦って立派に果ててみせます。」

藤田信雄は、軍人らしく覚悟を決めたように田上明次艦長に向かってそう言った。

「そうか、立派な覚悟だな。だが、私は飛行長の技量を信じている。きっと爆撃を成功させて無事、艦に帰投してくれるとな。そのためにも私をはじめ他の乗組員達も、君たち二人が無事任務を全うできるよういかなる努力も惜しまないことを約束しよう。だからお前達も最後まであきらめるな。」

田上明次艦長は、二人を安心させるためにそう言ったが、その言葉に自分自身が確信を持てないでいた。小型水上偵察機がひとたび発進してしまえば、後は田上明次艦長をはじめとする潜水艦の乗組員には何もできないことがよくわかっていたからである。

「艦長、司令部の作戦にケチをつける訳ではないですが、危険を冒してまで実行する価値のある作戦なんですか。アメリカ本土で多少大きな山火事を起こしたからといって戦争に有利になるとはどうしても思えないのですが。」

日下部一男航海長は、今回の作戦には懐疑的な様子であった。

「航海長の言うとおり、私もこの作戦には少なからず疑問点もある。しかし、アメリカ軍の最近の攻勢は尋常ではないらしい。先程、藤田飛行長が説明したように四月には敵爆撃機により日本が空襲を受け、帝都を含め幾つかの都市が被害を被っている。大本営としては、こちらもアメリカ本土を爆撃して士気を上げようということだろう。また、既に知っている者もいるかもしれないが、わが軍は六月にミッドウェーで航空母艦四隻と熟練飛行士を大勢失い、立て直しが急務となっている。それまでの間、アメリカ軍の目を自国に向けておく事が必要ということらしい。それに、藤田飛行長の上申した水偵を使った爆撃の有効性を証明することにもなる。それではいけないかね。」

田上明次艦長は、潜水艦隊基地の司令部で聞かされた理由も含めて日下部一男航海長へそう答えた。実際、田上明次艦長としては、今回の作戦には納得しかねる部分がある。しかし、司令部の命令である以上、命令には従わなければならない。だから自分自身を納得させるしかなかった。

「わかりました、艦長。決して反対という訳ではありません。私も藤田飛行長なら、きっとやってくれると信じています。」

日下部一男航海長は、艦長の言葉をとりあえず信用してそう言った。

「航海長、ありがとう。私もこの作戦は是非とも成功させたいと思っているよ。」

田上明次艦長は、そう言ったが、自分自身が完全には納得していないため、その声には力がなかった。


その後も会議は続き、予定よりも早く帰投する際は無線機で状況を報せることなどが決まった。そして会議が終わると、五日後の出航に備えて各々伊二五潜水艦へと戻っていった。皆が出て行った後、会議室には田上明次艦長と藤田信雄だけが残っていた。

「艦長、さきほどは、私のことを信用していると言っていただいてありがとうございます。爆撃は必ず成功させてみせます。」

「なあに、君の技量を信じていると言ったことは本当だ。現にこれまで何度か偵察任務で出撃したが、必ず無事に帰って来ている。しかも、一度たりとも水偵を壊したこともない。君は、この潜水艦隊の中でも指折りの水偵乗りだよ。」

田上明次艦長は、そう言うと藤田信雄に向かって優しく微笑んだ。しかし、藤田信雄は何か言いたいことがありそうだった。

「艦長、今回の作戦は、自分が二月に上申した戦法を上層部が採用した結果だと考えています。しかし、私としては敵艦船に対しての攻撃案として提案したつもりでしたが、実際の作戦は地上攻撃、しかも大規模な山火事を起こすという内容に変わってしまいました。さきほど日下部航海長がこの作戦にそれだけの価値があるのかと言ってましたが、私も実は同じように感じています。もちろん作戦担当の井浦中佐から直々にお話を伺い、爆撃が成功すればアメリカ人の世論も戦争に消極的になるだろうと説明を受けましたので、不満が有る訳ではありませんが、自分の中ですっきりしていない部分もあります。」

田上明次艦長は、藤田信雄の話を黙って聞いていたが、しばらくして答えた。

「そうか、君が納得いかないのも無理はない。私だって内心部下を危険にさらしてまで実行する価値があるのかとも思う。ただ、今回の作戦を軍令部が君に委ねたのは君の技量を信じているからに他ならない。そのことは、誇っていいと私は思っている。そしてそれ程の技量を持つ君だからこそ、私は必ず生きて戻って来て欲しいと思っているんだ。」

「艦長も、今回の作戦に疑問を持っているのですか。」

藤田信雄から尋ねられ、田上明次艦長は正直な心情を明かした。

「私だって、無駄に部下を失いたくない。今回、たとえ爆撃が成功したとしてもアメリカ人の世論が戦争反対へと変化するかどうかは私にはさっぱりわからないのだ。だが、軍令部の作戦担当が今回の作戦を立案し、これを実行するということはそれなりに確信があるのだろう。だから、それこそ前代未聞の作戦ではあるが、最後までやり通すべきだと私は考えているんだ。」

「それでは、艦長は、今回の作戦には実行するだけの意義があると思っているのですね。」

「そうだな、少なくとも我々が司令部の立案した作戦を疑ってはいけないだろう。」

「いいえ、艦長、作戦を疑っている訳ではありません。ただ、私は帝国軍人として、この作戦に命をかけるだけの意義があるのかと思ったのは本当です。しかし、艦長が言われたとおり、軍令部でもそれなりの確信があって本作戦を立案したのでしょう。それを私が疑ったりすることは不徳というものです。もう迷ったりはしません。」

「うん、そうか。頼むぞ、藤田飛行長。」

　田上明次艦長と話したことで藤田信雄も納得したようだった。それから二人は会議室を出ると軍港に停泊している伊二五潜水艦へ向かった。


　それから出航までの五日間、艦内は出航準備に追われていた。特に燃料、真水、食糧、それに魚雷等の補給物資については、それぞれの担当が書類に記載された内容と照らして念入りに確認していた。ただ、食糧については今回三か月分が届いたため、主計兵曹の長澤は、置き場所に苦慮していた。長澤主計兵曹は、眼鏡をかけたひょろっとした男で、伊二五潜水艦の物資補給の責任者だ。

今回の作戦は予定では二か月間だが、作戦どおりにいかない場合に備えて三か月分の食糧を積むことになった。このようにアメリカのような遠方での長期任務になるような場合、途中で不足しても簡単には食糧を補充できないことから、最初から余分に食糧を積載するのが常だったのだ。しかし、艦内の倉庫にはどんなに詰めても二か月間分しか入らないので残り一か月間の食糧を積み込むスペースを確保しないといけなかった。長澤主計兵曹は、艦長室へ顔を出すとにこやかな顔で挨拶した。

「艦長、今、よろしいですか。実は食糧の積み込みの件なんですが。」

「おう、長澤主計兵曹か。また、物資が倉庫に入りきらないのかね。」

田上明次艦長は、長澤主計兵曹の困り顔を見て全てを察したようだった。

「そうなんですよ、艦長。もともと、わが艦の倉庫は二か月分の物資が入ればそれで満杯です。それが、今回も三か月分の物資が届いたので困っています。そこで、また、入りきらない物資を艦内のあちこちに置くための許可を頂きたいのですが。」

「うん、まかせたよ、どこでも君の好きなように置いてくれ。」

「ありがとうございます。それでは、発令所と士官室、魚雷発射管室、通路、それに艦長室にも置くようにします。それから、艦長、食糧はなるべく艦の重量配分が均等になるように置くつもりですが、出航後、早めに潜航を行ってみて、海中での前後のバランスを確認しておいて下さい。」

長澤主計兵曹は、物資を様々な場所に分けて置くことになるので艦の重量配分が狂うことを危惧していた。潜水艦は海上ではバランスがとれているように見えても、いざ潜航すると、前後のバランスが崩れ、立っていられない程に艦が傾くような事態になる場合があった。そうならないよう、前もって燃料、真水、食糧、魚雷等を全て積載した状態でトリムタンク内の海水量の配分を水平を保つように調整してから潜航し、艦の重量配分を確認する必要があった。

「わかったよ、長澤主計兵曹。出航後、すぐに試験潜航を行うので心配はいらんよ。ところで、補給物資の積み込みはいつまでかかるかね。」

「そうですね。野菜と肉、それに魚については積み込みがどうしても十四日の午後になりますね。それが最後です。」

長澤主計兵曹は手帳を確認しながらそう答えた後、何かを思い出したようだった。

「艦長、そう言えば昨日、魚雷を補給した時のことですが、軍港の整備兵が思っていたよりも魚雷が減っていないと不思議がっていましたよ。」

「ふむ、それは一体全体、何が不思議だと言っていたのかね。」

田上明次艦長は、興味深そうに長澤主計兵曹に尋ねた。

「艦長、軍港の連中はこの艦はアメリカの近くまで進出していたので、魚雷でさぞかし多くの敵船舶を沈めたと思っているようでした。」

「なるほど、まあ、前回は、敵船舶に出会っても、追いつけなくて雷撃の機会がなかった事もあったしな。確か、魚雷を発射したのは三回くらいしかなかったと思うが。」

田上明次艦長は思い出しながら苦笑いをした。

「艦長は、魚雷を大事に使いますよね。相手が貨物船の時などは、一度に一発しか発射しません。」

長澤主計兵曹はここぞとばかりに田上明次艦長に尋ねた。

「この艦に積んでいる魚雷の威力は絶大だからな。速度、射程、破壊力とも従来の魚雷の性能を大きく上回っている。通常の船舶であれば、中央部分に一発当たれば十分撃沈できる。だから、魚雷を数多く発射するよりも必中の距離まで近づくことの方が重要なんだ。そうすれば、大事な魚雷を節約できるんだ。もちろん、敵艦船に近づき過ぎて、こちらが発見されたら元も子もないがね。」

「でも、艦長。必中の距離まで近づいて、なおかつ、六門全部発射すれば、必ず命中するのではないですか。」

「おいおい、補給担当の君が何て言い草だ。魚雷は全部で十七本しかないんだ。そんな事をしたら、母港に帰投する頃は魚雷はなくなってしまうぞ。たとえ任務を終えて帰投中であっても、いざという時に備えて、最低でも六本は必ず残しておきたいからな。」

田上明次艦長と長澤主計兵曹は、それからしばらくの間、互いに軽口を言い合った。田上明次艦長は不思議議とこの長澤という男が気に入っていた。長澤主計兵曹は田上明次艦長よりも十歳以上年下で階級も下だが、物おじせずに自分によく話しかけてきた。人と話すことが好きで、他の乗組員ともよく話しているが、だからといって仕事をおろそかにはしない。長澤主計兵曹は、この潜水艦での生活を楽しんでいるような男だった。

「ははは、それでは、私も甲板へ行ってみるよ。今から特製の爆弾投下装置を取り付けた水偵が届くらしいからな。」

「はい、艦長。戻って来た頃には、先程の物資を艦長室に運び込んでおきますよ。」

長澤主計兵曹は、艦長室から出て行こうとしている田上明次艦長にそう言った。


田上明次艦長が甲板に上がると、既に小型水上偵察機がクレーンに吊るされた状態になっていた。濃い緑の機体の真ん中から少し後ろ部分に大きな赤い日の丸マークが見えた。

「艦長、今、水偵の積み替えを行ってるところです。」

片倉整備兵曹は、田上明次艦長が近づいてきた事に気がついて声をかけた。片倉整備兵曹は、眼鏡をかけた小柄な男で、年齢的には奥田省二と同じであった。そして、藤田と奥田と片倉の三人は、昭和十六年十一月にこの伊二五潜水艦に揃って着任していたのだった。

「うん、ご苦労さん。この機体は今まで艦に載せていた水偵かね。」

「はい、そうです。そして、あそこの岸壁の大型トラックに載せられている水偵が新しい機体です。」

片倉整備兵曹は、新しい小型水上偵察機を指さしながら答えた。すると、田上明次艦長は新しい小型水上偵察機のすぐ側に搭乗員の藤田と奥田がいるのを見つけた。二人は小型水上偵察機の爆弾投下装置の取り付け具合を確認しに来たのだった。

「片倉整備兵曹、新しい小型水上偵察機の爆弾投下装置の確認はもう済んだのかね。」

「いえ、まだです。まずは古い機体を空技廠に渡した後にクレーンで新しい機体を艦に載せますので、それから点検表に沿って点検を行う予定です。」

「そうか、よろしく頼むよ。私は向こうの新しい機体を見てくるよ。」

田上明次艦長は片倉整備兵曹にそう言うと、艦を降りてから岸壁の大型トラックに載せられた新しい小型水上偵察機の方へゆっくりと歩いて行った。すると、すぐに藤田と奥田が気づいて田上明次艦長に声をかけた。

「艦長、今、新しい水偵の爆弾投下装置の取り付け具合を確認していたところです。」

「そうか、どうだ藤田飛行長、念願の爆弾投下装置の具合は。」

「はい、これでようやく我々も爆撃ができるようになりました。今回の作戦で使用するのは焼夷弾ですが、通常の爆弾も搭載できるようです。それにこの機体以外の水偵にもこの爆弾投下装置を順次、取り付けていくそうです。空技廠の整備員に聞いたところ、重さ三十キロの通常爆弾が二発搭載できるようになるとの説明でした。」

藤田信雄は、自分が二月に上申した小型水上偵察機への爆弾投下装置の設置要望が実現したことが嬉しそうだった。

「そうか、次回からは通常爆弾もあらかじめ艦に積むようにしよう。二人ともこの機体で新しい戦法を存分に試してくれ。」

「はい、艦長。これで思う存分暴れられます。」

藤田と奥田は、元気よく返事した。彼ら潜水艦搭載の小型水上偵察機の搭乗員は、長期にわたる航海であっても、偵察任務で小型水上偵察機に搭乗する機会は、多くても二、三回程度である。それに、この偵察任務にしても一度の飛行時間は、おおよそ二時間以内である。後は潜水艦の中でひたすら待機の状態だった。特に潜航中はほとんど仕事がない彼らにとって、潜水艦勤務は退屈で不自由そのものだったのだ。もちろん、小型水上偵察機の搭乗員である以上手足の筋力等が衰えないよう訓練はかかさずしたいと思っているのだが、訓練設備もないような狭い艦内では手足を伸ばそうものならば必ず壁やパイプ類にさえぎられるので思うようには運動ができなかった。また、潜航中は体を動かすと酸素の消費量が増えるため、寝台でおとなしくしてるよう言われていたのだった。そのため、藤田と奥田は、夜間に浮上航行をしている場合などは甲板に上がって体操や筋肉トレーニングをしていた。今回、小型水上偵察機に爆弾投下装置が取り付けられたことにより、偵察時に敵船舶を発見した際は一度潜水艦に戻ってから爆弾を搭載し、再び発進して敵船舶に爆撃を行う事が可能となった。これは小型水上偵察機の搭乗員にとって偵察任務にはない気持ちの高揚感が得られるものだった。それから田上明次艦長は、伊二五潜水艦の司令塔に上り、新しい小型水上偵察機の点検の様子を見ながら、時折、海を眺めた。夏の日差しは強かったが、潮風が心地よく、いつの間にか時間が過ぎていった。三時間程経って田上明次艦長が艦長室へ戻ると、食糧の入った大きな木箱が寝台の横に八個置かれていた。田上明次艦長は、それを見て苦笑いをすると椅子に腰かけて黒表紙の手帳を広げて見入った。

昭和十七年八月十五日、伊二五潜水艦の出航日の朝、小型水上偵察機の搭乗員の藤田と奥田は、最低限の身の回りの荷物を持って艦に乗艦した。二人は前日の夜、港近くの飲み屋で一杯飲んだ後、水筒に日本酒を詰めてもらっていた。作戦決行の日、小型水上偵察機に乗って発進する直前に二人で盃を交わすためだった。これまでも潜水艦に乗艦する時は、それなりに死ぬ覚悟はしていたが、今回は特別だった。アメリカ本土の奥深くへと侵入し、爆弾を投下する。日本帝国軍人が今まで誰も成したことない事を自分達がやるのだ。生きて帰れないかもしれない。二人は、そう思いながらも武者震いをせざるを得なかった。二人が艦内に入ると、通路を始め、あらゆる空間を利用して食糧などの物資が積み込まれていた。このため、ただでさえパイプやバルブだらけで狭い潜水艦の内部が余計狭く感じられた。二人はこれらの物資を避けながら自分達の寝台にたどり着いた。潜水艦に乗艦する時、二人は個室ではないが一人用の単寝台をあてがわれていた。そんなに広いとは言えないが、起き上がって身動きができるくらいの空間があった。これは、他の乗組員の寝台と較べると快適そのもので、待機の状態が長時間続く小型水上偵察機の搭乗員に対する特別の配慮ともいえた。奥田省二は、荷物を傍らに置くと藤田信雄に言った。

「藤田さん、いよいよ出航ですね。それにしてもまさか私達が、アメリカ本土を爆撃することになるとは思いもしませんでした。帰ったら、故郷の家族や親戚みんなに大威張りで自慢ができます。」

「ああ、絶対に成功させないといけないぞ。四月十八日の帝都空襲によって亡くなった人々の無念を我々が晴らすのだ。」

藤田信雄は強い意思を秘めた声で奥田省二に言った。

「そうですね。そのためにも侵入路をよく考えないといけませんね。私はブランコ岬を目印にしてオレゴン州内部へ侵入するのが良いと思います。」

奥田省二が、藤田信雄にそう言うと、藤田もその考えに同意した。

「俺もそれが良いと思う。出航してからしばらくしたら艦長へ打診しよう。」

「藤田さん、お願いします。ところで我々の出撃はいつ頃になるでしょうね。」

「さあな。水偵の発進は、天候次第だからな。順調にいけば八月の終わり頃だろうが、天候が崩れるかもしれないからな。ある程度は波が穏やかでないと水偵は発進も着水もできない。まあ、あせらなくとも作戦期間は二か月間もあるからな。そのくらいあれば出撃する機会は十分にあるだろう。」

「そうですねえ。天候は、我々の自由になりませんからね。そういえば、藤田さん、明日、新しい水偵を使用して事前演習をするんですよね。」

奥田省二は、事前演習の件へ話題を変えた。

「そうだ、本番と同じように水偵の組み立て、発進、爆弾投下、帰投、収容、水偵の格納という流れで行うらしい。昨日、片倉が模擬爆弾を準備していたのを見たぞ。」

「それでは、爆弾投下装置の動作確認もできるのですね。先日、説明は受けましたが、本番でうまく爆弾を切り離して投下できるのか不安だったんですよ。でも事前に本番同様に爆弾投下の演習ができるとはありがたいです。」

奥田省二は心配そうに言った。飛行機に関しては部品そのものの不良や取り付け時の不具合等が原因で任務に支障をきたす場合や大事故につながる場合があるので、気になっていたのだった。

「まあ、そんなに心配するな。艦長も今回の作戦をしくじる訳にはいかないと思って、早めに事前演習をするのだろう。もし、爆弾投下装置に不具合が生じても、まだ艦は出航したばかりで、ここは日本近海だ。戻って修理することも容易な筈だ。」

「そうですね。あっ、そうだ。先日、艦に積み込んだ焼夷弾を見ましたが、かなり重そうですよ。あの水偵に一度に二発も搭載して発進しても大丈夫ですか。焼夷弾が重くて発進と同時に海面に激突しないで下さいね。」

「ははは、俺なら大丈夫だ。心配しなくても、水偵は射出機を使って発進するから問題ない。水上滑走で発進する訳ではないからな。それほど心配ならば、射出機の圧縮空気の量をもっと増やすか。」

藤田信雄は、そう言って奥田省二をからかった。

「冗談じゃないですよ。射出機による発進時の加速がこれ以上大きくなると、気絶してしまいますよ。今でも発射時は顔がひきつるんですよ。」

「おいおい奥田よ、お前だって航空訓練所で加速に耐える訓練は十分に受けたんだろ。いくらなんでも気絶はしなかったよな。」

藤田信雄からそう尋ねられると奥田省二は恥ずかしそうに答えた。

「いえ、何度か気絶したことがあります。すみません。」

「そうか、正直でよろしい。まあ、射出機の圧縮空気の量は今のままでも十分に発進できるだろう。俺の腕前はよく知っているだろう。」

「はい、信じていますよ。藤田さんなら大丈夫でしょう。」

奥田省二がそう言うと二人は揃って笑った。

三　真夏の横須賀出航

伊二五潜水艦の出航準備が整い、暑い夏空の下、後甲板上に百人近い乗組員全員が整列していた。元々伊二五潜水艦の甲板は広くはないのだが、後甲板上には十四センチ単装砲もあるので余計に狭く感じられた。中央付近の司令塔がある側を前にして六列で整列しているが船尾になるほど艦の形に沿って狭くなっているので、乗組員も四列、二列になって並んでいた。出航に先だって艦長の田上明次から乗組員全員に向けて訓示があるのだ。田上明次艦長は、全員が揃った事を確認してから乗組員に向かってよく透る声で語った。

「諸君、我々がアメリカと開戦して既に八か月が過ぎた。この艦も当初は、ハワイやオーストラリア周辺で作戦を行いつつ、六月にはアメリカ本土に接近し、通商破壊作戦及び敵基地への砲撃戦を敢行した。そして、その間、多数の敵船舶をこの艦の魚雷にて葬り去ってきた。しかし、敵国アメリカは強大で物資も豊富である。戦争がこのまま長期化すれば日本は疲弊してしまうだろう。そこで今回、わが艦は、搭載している水偵を使用してアメリカ本土に対して直接、爆撃を実行することになった。これが成功すれば、アメリカ国内の世論を戦争反対へと導くことになるとのことである。我々は、今回この艦でアメリカ西海岸オレゴン州沖へ向かう。そして、藤田飛行長と奥田偵察員が、焼夷弾を搭載した水偵で出撃する。それから二人は、アメリカ本土のオレゴン州の大森林に対して焼夷弾を投下し、その大部分を焼き尽くすことになっている。この焼夷弾による爆撃は、この航海中、三度にわたって実施する予定なので、皆も二人の搭乗する小型水上偵察機の発進及び収容が円滑にできるよう、それぞれの役目を確実に果たして欲しい。」

田上明次艦長がそこまで言うと、何人かの乗組員が拍手をしながら二人を激励するような言葉を投げかけた。すると、他の乗組員もそれにつられたように口々に二人をはやし立てた。この艦の小型水上偵察機をアメリカ本土攻撃に使用するという前代未聞の作戦に参加できることが皆嬉しいのだった。しかも、攻撃目標は、前回の十四センチ単装砲による砲撃作戦に引き続き、アメリカ本土西海岸である。甲板上の乗組員は、皆この作戦を是非成功させたいと思っていた。そして乗組員の皆から激励を受けた藤田と奥田もこの作戦を必ず成功させるぞと決意したのであった。

その後、田上明次艦長は、機関部と水雷部の乗組員二名の新造潜水艦への転属を皆に報告した後、補充要員の二名を紹介した。二人とも伊号潜水艦よりも二回り程小型の呂号潜水艦出身のため、伊二五潜水艦に転属になったことを喜んでいるようだった。それから日下部一男航海長が皆に航海の全日程を説明した後、各自それぞれの持ち場に戻って出航に備えた。

「いよいよ出航だな、奥田。眺めのいいところに行こうぜ。」

特に持ち場のない藤田と奥田は艦の司令塔に上った。司令塔には既に見張が上がって周辺を警戒しているところだった。やがて出航予定時刻となり、伊二五潜水艦は横須賀軍港を出航した。特に見送りの者もいない、静かな出航である。

　藤田と奥田の二人は、だんだんと遠ざかっていく横須賀軍港の景色を見ながら感傷にふけっていた。

「藤田さん、また、ここへ戻って来たいですね。」

「ああ、また二、三か月もすればここへ戻って来る。その時は、今度の航海手当金で豪勢な料亭にでも連れて行くから、そこで祝杯を挙げような。」

　藤田信雄がそう言うと奥田省二は目を輝かせて喜んだ。

「それって本当に藤田さんのおごりですか。」

「そうだ、俺が支払うから心配するな。なんたって俺たちは生きるも死ぬも一蓮托生だからな。金なんか生きているうちに遣わないとな。」

「そうですよね。死んじまったら何にもならないですからね。そうかあ。そういえば、藤田さん、六月のミッドウェー海戦の時、俺の同期は空母『赤城』に乗っていたんですよ。艦爆の搭乗員だったんですけど、『赤城』の格納庫内で敵の爆弾が炸裂し、炎に包まれて焼け死んだそうです。そいつ、お金を貯めて、いつか家族に帝都を案内してやりたいと言っていたんですよ。」

　奥田省二がそう言うと藤田信雄は一言、そうかと言った。藤田信雄にしても、同じ海戦で同期の飛行機乗りを何人も亡くしていたのだった。次は自分の番かもしれないと藤田信雄は思った。そして二人は、自然と沈黙し、そのまま夏の海を見つめ続けた。

伊二五潜水艦は、出航後、しばらくは時速五ノット程の速度でゆっくりと進んだが、やがて速度を十八ノットまで徐々に上げて海上を進み、約四時間経った頃速度を緩めて試験潜航を行う海域に達した。この海域の深度は約三百メートル程あるので、ここで実際に艦の潜航を行い、潜水艦にとって重要な潜航及び浮上の機能に異常がないことを確認する予定となっていた。

「艦長から各員へ、今から十分後の十五時三十分に艦を停止し、試験潜航を行う。各員、それぞれ持ち場についてくれ。」

田上明次艦長が伝声管で伝えると、藤田や奥田をはじめ、甲板にいた者達は、整然と各ハッチから艦内に戻って、持ち場についた。そして定刻になり、乗組員全員がそれぞれ配置についた事を確認して日下部一男航海長が田上明次艦長に報告した。

「艦長、それでは、試験潜航を実施します。まずは深度二十から始めます。」

日下部一男航海長が手順書に基づき各員に潜航開始の指示を出した。まず、注水弁を開いてから、空気を抜くためのベント弁を開いて、メインタンクに海水の注水を開始したのだった。すると、伊二五潜水艦は、メインタンク内に海水が流入し、艦が徐々に重くなって潜航を開始したが、すぐに艦首が僅かに艦尾よりも下がり、傾斜した状態のまま、潜航を続けたのだった。

「艦首が下がっているぞ。トリムタンクで調整する。急げ。」

日下部一男航海長が慌てて指示を出す。艦に積み込んだ物資の重量配分がいつもよりも前方に偏っていた事が原因だった。トリムタンク内の海水を前部から後部のタンクにポンプで移水すると艦尾が下がり艦は平行に戻った。トリムタンク内の海水量の調整は潜水する前に艦の重量配分を計算して行っているのだが、今回は、一部の物資について、重量が実際よりもかなり重く見積もって計算されていたようだった。この計算は航海の始めだけでなく、重量物の移動や物資の消費に伴って常に計算し直す必要があった。伊二五潜水艦はようやく姿勢が安定し、その後深度二十メートルに達した。

「よし、ベント弁を閉めろ。各員へ、それぞれの持ち場で水漏れ等があったらすぐに報告してくれ。」

日下部一男航海長は、それから田上明次艦長の方を向いて言った。

「艦長、艦首が一時、許容限度を超えて下がりました。艦の重量配分の計算が誤っていたようです。元にはもどりましたが、このまま、試験潜航を継続しますか。」

「航海長、了解だ。すぐに姿勢を回復したので問題ない。このまま、続行だ。」

田上明次艦長は穏やかな口調で言った。

「わかりました。このまま試験潜航を続けます。」

日下部一男航海長は、そう言ってしばらく各部署からの報告を待ったが、それぞれの部署から水漏れ等の不具合の報告がないことを確認してから次の指示を出した。

「次は、このまま前進する。速度二ノットで前進せよ。」

大型の電動モーターが唸り、艦は深度二十メートルの海中を前進した。特に問題もなく艦は水中を一定の速度で進んだ。推進用の蓄電池の電圧も確認してみたが電力消費量も通常どおりだった。しばらくそのままの速度で進んでから日下部一男航海長は速度を七ノットまで徐々に上げた後に艦を停止させた。その後、潜舵と横舵、縦舵による方向変換、艦の後進についても正常な動作が可能か確認を行った。

「よし、浮上だ。ゆっくりだぞ。」

日下部一男航海長は、今度は浮上するよう各員に指示を出した。伊二五潜水艦は、メインタンク内に圧縮空気を注入して海水を排水弁から艦外へ押し出すと、艦が軽くなってゆっくり浮上していき、やがて海上に姿を現した。

「ふう、艦長、深度二十は問題なしです。次は十五分後に深度五十まで潜航します。」

「わかった。些細な事でも報告するよう皆にも伝えてくれ。」

田上明次艦長がそう言うと、日下部一男航海長は、それをそのまま各部署へ伝えた。潜水艦にとって、潜航と浮上に関わる機構は何よりも重要である。潜水艦基地で入念な点検を行っていても実際に潜航すると問題が発生することがあった。もし、潜航中に問題が発生して浮上することができなくなれば、乗組員全員が死亡するかもしれないのだ。だから手が抜けなかった。田上明次艦長は、他の艦長よりもその点に関しては慎重といえた。潜水艦は、機構が複雑で、且つ危険な乗り物であり、また、巨大な鉄の棺桶でもあるのだ。その後、艦は数時間をかけて、深度五十メートル及び深度九十メートルについて、潜航と浮上を交互に行うという試験潜航を実施し、良好な結果で全てを終えたのだった。

航海初日の夜、烹炊室にはカレーの匂いが漂っていた。主計兵曹の長澤が食事の当番になり、ライスカレーを作って皆に振る舞っているのだった。これは伊二五潜水艦、最初の航海時に、航海初日の夜の食事を田上明次艦長の要望で牛肉や豚肉のたっぷり入ったライスカレーにしたところ皆にも大好評だったためその後も慣習として続いているのだった。烹炊室を訪れた乗組員は、丸い大小の金属製お椀を長澤主計兵曹に手渡すと、長澤主計兵曹は大きい方のお椀にご飯をよそって上からカレーをかけ、小さい方のお椀には生野菜と刻んだハムを盛って乗組員に手渡した。乗組員は、この夕食を持って寝台に戻ってから、その上に座り、箸とスプーンを使って器用に食べているのだった。潜水艦には十分な冷蔵設備がないので精肉や魚介類、生鮮野菜類が傷んでしまわない内に消費しないといけなかった。そこで最初の四、五日はこれら傷みやすい食材を使った食事が中心だった。そして、これらが無くなった後は根野菜や乾燥食品、缶詰、粉末食品を使った食事が二か月間以上延々と続くのだった。

「あれ、艦長。自分で食事をとりに来られたんですか。」

田上明次艦長が烹炊室に顔を出すと、それに気づいて長澤主計兵曹は意外そうに言った。

「うん、カレーの匂いに誘われてね。なかなか美味しそうな匂いだね。」

「すみません、艦長、そろそろ持って行こうと思っていたんですよ。少しだけ待って下さいね。そうだ、今日のカレーはいつもの缶詰カレー粉ですが、じゃがいもや人参、玉ねぎに、もちろん肉もたっぷりと入れてますよ。」

長澤主計兵曹は、そう言うと棚から艦長用のお盆を取り出し、その上に士官用の食器を手際よく並べていった。そしてその食器にご飯をたっぷりとよそい、上からカレーをかけた。艦長及び士官は一般乗組員と違って食器の種類も違うし、士官室で食事するようになっていたが、献立は上も下も皆等しく同じだった。潜水艦は、水上艦艇に較べると烹炊室も狭く、調理を担当する主計兵曹は多くても二人だった。とても艦長や士官の食事のみを別献立にする余裕はなかった。また、潜水艦も他の水上艦艇同様、全ての部署は二十四時間、休みなしで運用しているため、皆、交替で当直にあたっていた。そのため当直時間に合わせて食事を用意するようにしているため、調理担当は一日に四回、朝、昼、晩、夜食というように食事を作らなければならなかったのだ。

「ところで、藤田と奥田の食事の件だが、今回もよろしく頼むよ。」

田上明次艦長は目の前で配膳の支度をしている長澤主計兵曹にそう言った。

「わかってますよ、艦長。水偵の搭乗員は十分に栄養を摂取してもらわないといけないですからね。栄養不足で視力が落ちて操縦や偵察に影響がでたら大変だ。特に今回、二人の任務は最重要なんでしょう。」

長澤主計兵曹は、最初の航海の時に、艦長から小型水上偵察機の搭乗員には食事の際、栄養面に気をつかうよう命じられていた。そのため、二人の食事には、粉末鶏卵で作ったオムレツのような副食等を必ず一品は付け加えるようにしていた。

「そうか、ありがとう。手間がかかるだろうが、頼んだよ。体調が万全の状態で二人を出撃させてやりたいんだ。」

田上明次艦長がそう言うと長澤主計兵曹は明るく言った。

「艦長、二人の食事のことなら大丈夫ですよ。私がきちんと栄養管理をしますので。まあ、運動不足で大事な飛行機乗りが太ってしまってはいけないので、時々は、倉庫の物資の運搬などを手伝って貰いますよ。いい気分転換にもなりますしね。」

「わかった、二人の食事についてはこれからも君にまかせるよ。」

田上明次艦長は、そう言って夕食を手に烹炊室を立ち去った。長澤主計兵曹は何か言いかけたが、食器を持った乗組員が四、五人程集団で烹炊室にやって来たので、食事当番という本来の業務に戻ったのであった。


翌日の八月十六日は、午後から小型水上偵察機『零式小型水上機』の組み立て及び帰投時の機体の収容作業演習と、合わせて模擬爆弾を搭載しての発進及び爆弾投下演習が行われた。これらの演習は、本番と同じように小型水上偵察機を使用して行われた。この小型水上偵察機は、巡洋潜水艦に搭載するために作られた特別な機体で、様々な制約の下で設計されていた。まず、機体の寸法であるが、巡洋潜水艦の甲板に設置された格納筒の内径が二・四メートル、長さが八・五メートルであるため、機体を折り畳んでから格納するにしろ、その全てをこの中に納めなければならなかった。また、小型水上偵察機を大空に射出するための射出機の最大射出重量が千六百キログラムであるために機体の重さも、搭乗員二名の重さなども含めて、これ以内に納めないといけなかった。そのため、海軍航空技術廠が様々な工夫を凝らして、全長八・五三メートル、全幅十・九八メートルの水上機を設計したのだ。この機体は、主翼やフロート等を折り畳み式としたほか、機体の骨組みの一部に木材を用い、胴体部分を羽布張とすることで軽量化を図った。また、エンジンも小型で軽量な『天風一二型』を搭載することで機体の重量問題を解決したのであった。ただ、このエンジンの最高出力は三百四十馬力と、軍用機としてはかなり貧弱で、小型水上偵察機の最高速度も時速二百四十六キロメートルと、他の偵察機と比較しても飛行速度はかなり遅かった。

「今から、水偵によるアメリカ本土爆撃を想定した演習を開始する。皆、担当の指示に従い真剣に臨んで欲しい。」

現在、海上を時速十ノットの速度にて航行中の伊二五潜水艦の前部甲板上に並んだ乗組員達に向かって日下部一男航海長が大声で言った。今回の演習の全体指揮は日下部一男航海長が担当した。田上明次艦長は司令塔に上がってそこから演習の様子を見守っていた。今回の演習の流れを見守るにはこの場所が一番都合が良かったのだ。演習には、搭乗員の藤田と奥田、それに小型水上偵察機の組み立て及び機体の収容のための要員として片倉整備兵曹と六人の乗組員が参加している。また、周辺の警戒のために二名の見張が司令塔に上がっていた。伊二五潜水艦の前部甲板上は格納筒から船首に向けて緩やかに上方へ傾斜した長さ約十九メートルの射出機が伸びていた。射出機の上面はレール構造になっていて、この上に射出用の滑走台車、その上に小型水上偵察機を載せて圧縮空気を使って勢いよく前方へ射出するのだった。元々、潜水艦は浮上に必要な浮力を得るために、気蓄器という装置のボンベに大量の圧縮空気を詰めていたことから、これを小型水上偵察機の発進にも利用していたのだった。

「今から水偵の組み立てを実施する。今回は所要時間も測るので、各自、気を引き締めて取り掛かるように。」

日下部一男航海長はそう言って合図の笛を吹き、同時に時間の計測を始めた。すると、片倉整備兵曹と六人の水偵作業員達は、一斉に甲板上の小型水上偵察機格納筒の前へ走り寄り、鉄製の丸みを帯びた大きな半月状の扉へ飛びついた。その扉は直径約三メートル程の分厚い鉄製であったため、かなりな重量がありそうだった。一人が開閉ハンドルを回し、残りの者は扉の突起部分に手をかけて力を込めた。

「扉に挟まれないように気をつけろ。」

誰かが叫んだ。実際、その年の一月には、この扉に挟まれて、乗組員の一人が死亡するという事故が起きていたのだ。そのため皆呼吸を合わせて、慎重に力を込めていくと、扉はゆっくりと重々しい音を響かせて開いていった。

「よし、まずは機体を外へ出すぞ。」

片倉整備兵曹は、扉が開放されたのを確認して次の指示を行った。この格納筒の内部には、小型水上偵察機が折り畳まれた状態で、内壁に接触しないように工夫して格納されている。まずは、この機体を格納筒の外に引っ張り出す必要があった。機体は、車輪のついた滑走台車の上に載せた状態で格納筒内に格納されているので、このまま手前に引っ張り出せるようになっていた。誰かが、機体を内壁に固定しているロープを外し、滑走台車の前部分にフックを掛けてワイヤーを繋ぐと格納筒の外側にあるウインチを使って巻き上げる準備を行った。

「よし、機体を引き出すぞ。」

片倉整備兵曹が合図すると、ウインチが巻き上げを始め、ワイヤーが滑走台車を引っ張り、小型水上偵察機は、ゆっくりと動き始め、格納筒から徐々に姿を現していった。そして、射出機手前の機体の組み立て位置に到達するまで引き出すと、折り畳まれた小型水上偵察機の全体がようやく顕わになったのである。

「藤田さん、奥の方に焼夷弾が見えますよ。」

格納筒内の奥の方に焼夷弾を見つけて奥田省二が言った。飛行服を着用し、小型水上偵察機の組み立ての様子を見ていた藤田と奥田は、今回の作戦に使用する焼夷弾について興味があった。二人とも、爆撃の訓練は受けているが、焼夷弾を実際に使用したことはなかった。通常爆弾とは異なり、地面に着弾すると焼夷剤を含む弾子が四方八方に数十メートルにわたってばらまかれ、辺りを炎の海と化す爆弾であるという程度の認識しかなかった。一方、甲板上では片倉整備兵曹が皆に次々と指示している。各水偵作業員のうち四人は、後方へと折り畳まれていた主翼を片翼づつ水平方向に向きを変えた後、胴体部分に専用のボルトで固定しようとしていた。片翼といっても長さ五メートル近くあり、揚力を増すために翼面積も大きくとっているので翼の固定には四人を必要とした。残りの二人は、左右のフロートと機体の胴体部分を接続している細長い金属棒の取り付けボルトを緩め、機体を持ち上げる準備を行っていた。片倉整備兵曹は、各水偵作業員の作業状況を確認しながら、自分はエンジンの始動にとりかかろうとしていた。

「五分経過。」

日下部一男航海長は、時計を見ながら各水偵作業員に聞こえるように大声で言った。既に主翼の展開は終了し、今度は機体をジャッキアップして持ち上げた。それから、機体下部の左右のフロートを前方に押して展開させた後に金属棒の取り付けボルトを締めて固定した。このフロートは長さ約七メートル、金属製で中空構造になっていて、この小型水上偵察機が海面に浮くための十分な浮力を有していた。このような水上機にとって、このフロートは極めて重要な部品で、安全な離着水ができるかどうかは、このフロートにかかっていた。また、着水時の衝撃でフロートと飛行機の接続金具が破損して機体が水中に突っ込む危険があることから、頑丈に取り付けることが必要だった。この小型水上偵察機の場合、左右の各フロートは胴体及び主翼部分と細長い金属棒によって七箇所を接続し、フロート同士も二箇所を接続することで強度を保つようになっていた。そのうえ、これらを確実に、しかもできるだけ簡単に接続できるよう工夫が為されており、これらフロートの展開も短時間で済むように工夫されているのだった。

「十分経過。」

日下部一男航海長が大声で時間を読み上げたが、それと、ほぼ同時に小型水上偵察機の組み立て作業は終えたのだった。前甲板の射出機手前に、幅約六メートルの甲板から大きくはみだしたように翼長約十一メートルの小型水上偵察機が鎮座している光景は、この時しか見られなかった。既に天風一二型エンジンが白煙をあげて暖気運転を開始し、プロペラも勢いよく回っていた。

「よし、通常の発進準備は、ここまでだ。ここからは爆弾を搭載する場合の追加作業なので、今日は片倉整備兵曹が作業を行う。皆は手順をよく覚えておいてくれ。」

日下部一男航海長は大声でそう言うと、簡単に作業手順を説明した。今までは小型水上偵察機に爆弾を搭載することはなかったが、今回だけでなく、今後は爆弾を搭載して上空から爆撃を実施する局面がありえるので、皆への説明は必須だった。説明が終わると片倉整備兵曹を中心に作業に取り掛かった。

「皆、今日はこちらの模擬弾を使用する。」

片倉整備兵曹は、格納筒の中にある形状が明らかに異なる模擬弾を指さした。二発の模擬弾はそれぞれ小型の台車に載せてあり、四人がかりで格納筒から引き出すと小型水上偵察機の翼部分の下までゆっくりと転がしていった。そして、梯子に昇った作業員が爆弾投下装置の取り付け部分に模擬弾をそれぞれ取り付けた。この模擬弾は、実際の焼夷弾とほぼ同じ重量があり、この模擬弾を取り付けた状態で小型水上偵察機の発進が問題なくできるかということを確認することが、今回の演習の目的の一つであった。

「藤田さん、模擬弾といっても、随分と重そうですよ。やっぱり、まずは模擬弾を一発のみ搭載して発進できるか試したほうが良かったかもしれませんよ。」

奥田省二は、取り付けられた模擬弾を見て、心配そうに藤田信雄に言った。

「なんだ、奥田。お前はまだ俺の腕を疑っているのか。大丈夫だ。余裕で飛んで見せるよ。」

藤田信雄は、むっとして奥田省二に答えた。

「でも、藤田さん、二発で大人三人分の重量ですよ。本当に大丈夫ですか。」

「くどいな、奥田。この前も言ったが、心配だったら、射出機の圧縮空気の量をもっと増やしてもいいんだぞ。」

「いえ、藤田さん。それだけは勘弁してください。圧縮空気の量を増やしたら、自分は、発進時に無様に気絶するかもしれませんから。」

「それなら、今度も俺を信用するしかないな。まかせとけ。絶対に大丈夫だ。」

「はい、分かりました。藤田さんを全面的に信用します。」

奥田省二は、観念したように藤田信雄に言った。丁度その時、片倉整備兵曹から小型水上偵察機へ搭乗するよう指示があった。

「よし、それでは、出番だ。搭乗しよう。奥田、行くぞ。」

藤田信雄は、そう言うと小型水上偵察機へ駆け寄った。

小型水上偵察機に特製の模擬弾を搭載し、発進準備が整ったため藤田と奥田が搭乗する番となった。二人は、フロート、胴体部分と突起部分に器用に手足をかけてよじ登った。そして、座席の風防を空けて座席に滑り込んだ。藤田信雄が、高さ約四メートルの操縦席から前方を見渡すと眼前には大海原が開けていた。今からこの新しい機体に乗って大海原の上を自由に飛び回れるのだと思うといやがおうにも期待が大きく膨らんだ。

「藤田さん、こっちは準備できました。」

奥田省二は、操縦席の後方の席に潜り込むように座ってベルトを締めると藤田信雄に声をかけた。その奥田省二の傍らには九二式旋回機銃が後向きに設置されているため多少窮屈そうであった。一方、藤田信雄は、各計器や全ての補助翼及び舵の動きを確認した後、手を上げて準備完了の合図をした。

「よし、水偵が発進するぞ。この艦も機関全速前進だ。」

伊二五潜水艦は、それまでも風上に向かって徐々に速度を上げていたが、日下部一男航海長の合図で全力航行を始めた。そのため甲板上では向かい風が激しくなった。小型水上偵察機はこの向かい風の中を射出機の圧縮空気で射出することで十分な揚力を得て、短い距離であっても射出機上を滑るように発進できるのだ。白い旗を持った乗組員が小型水上偵察機の主翼のすぐ後方まで走っていき位置についた。藤田信雄に発進の合図を伝えるためであった。

「射出機準備よし。」

気蓄器から射出機のシリンダーへ圧縮空気の注入が終了すると、片倉整備兵曹が射出機の操作位置についた。これで後は発進を待つばかりとなった。日下部一男航海長は、全ての準備が整ったことを確認し、発進の合図をした。

「よし、発進だ。」

合図とともに白い旗を持った乗組員が旗を降り降ろし、同時に片倉整備兵曹が射出機を始動した。ドゴンという大きな音と共にシリンダー内の圧縮空気によってワイヤーが強大な力で引っ張られ、滑走台車ごと小型水上偵察機が前方に射出され、次の瞬間には小型水上偵察機のみが滑走台車から外れて潜水艦から射出されたのであった。この時、藤田と奥田の体には、座席に押し付けられるような重い力が加わった。しかし、藤田信雄は冷静に操縦桿を握りしめると機首を僅かに上げ、加速するタイミングを待った。射出された小型水上偵察機は、緩やかに上方に伸びた射出機から射出されるため、射出時の勢いのみでもほんの一瞬で高度十メートル程まで達する。藤田信雄は、この時点で操縦桿を極めてゆっくりと動かし上昇へと転じた。そして、射出時の勢いがそがれて機体が降下しないよう僅かにエンジンの速度を上げたのである。それは極めて微妙な操作で、藤田信雄のようなベテラン操縦士にしかなしえないような技術であった。今回の演習で事前に問題視された点、すなわち一発当たり七十六キロの焼夷弾、これを二発搭載しての発進が可能なのかという点があっ

「よし、発進だ。」
合図とともに白い旗を持った乗組員が旗を降り降ろし、同時に片倉整備兵曹が射出機を始動した。

たが、この点は藤田信雄の発進技術により払拭されたのである。藤田信雄はそれからも慎重に上昇を続け、小型水上偵察機は少しづつ高度を上げていった。

「無事、発進できましたね。藤田さんはさすがです。まったく危なげない発進です。」

片倉整備兵曹は、上昇を続ける小型水上偵察機を見ながら日下部一男航海長に言った。

「そうだな、これで艦長も一安心だな。」

日下部一男航海長は、そう言うと、司令塔のうえで双眼鏡を構えて小型水上偵察機の行方を追っている田上明次艦長をちらっと見た。


「どうだ、奥田。お前は随分と心配していたが、まったく問題なく発進できたぞ。」

藤田信雄は、上昇を続けながら後席の奥田省二に聞こえるように大声で言った。

「はい、藤田さんの腕前を疑って申し訳ありませんでした。」

奥田省二は、無事に発進できて心なしか嬉しそうだった。

「まあ、発進は問題なかったが、この機体の振動はいただけないな。」

小型水上偵察機がエンジンの出力を上げ、上昇を続けると、それにつれて機体の振動が大きくなっているのだった。

「今まで、この機体には何回も搭乗しましたが、これまでにはなかった振動ですね、藤田さん。一旦、上昇をやめてみましょうか。」

小型水上偵察機は、高度五百メートルに達したので、水平飛行に移ったが、機体の振動は依然、続いていた。

「いかんな、上昇をやめてみたが、振動が続いているようだ。」

「やはり、爆弾が重すぎるのでしょうか。それとも、この新しい機体に何か不具合でもあるのでしょうか。」

「そうだな、今のところ操縦には影響がないが気になるな。よし、すこし急旋回を試してみよう。」

藤田信雄は奥田省二に聞こえるように大声で言うと速度を緩めた状態で急旋回を行った。とたんに機体の振動が激しくなり、主翼が揺れて機体が大きくふらついた。続いて、藤田信雄は急降下も試してみたが、やはり同様の結果だった。

「だめだ、急に舵をきると、振動は激しくなる。」

藤田信雄がそう言うと、奥田省二も心配そうに言った。

「どうします、藤田さん。戻りますか。」

「いや、模擬弾を投下してみよう。それで機体の振動が改善するか確認しよう。」

藤田信雄は、奥田省二にそう言うと水平飛行で爆弾投下予定地点に向かった。

小型水上偵察機に新たに設置された爆弾投下装置は、一番と二番別々に投下できるような機構になっていた。そのため、二つの目標をそれぞれ個別に爆撃することが可能だった。

「よし、この辺でいいだろう。まあ、本番でも広大な森林が的なので、どこで投下してもいいだろうしな。」

藤田と奥田は事前に爆撃方法について話し合ったが、水平爆撃にするという事で意見は一致していた。軍令部で聞いた話では、目標とするアメリカ本土の大森林は、とてつもなく広大であるため、特に狙ったりしなくても、この焼夷弾であれば、どこに投下してもたちまち大火災となるだろうとのことだったからだ。

「よし、一番、二番、連続投下。」

藤田信雄は、そう言うと二発の模擬弾を続けて海面へと投下した。すると、機体が急にふわっと浮くように軽くなり、振動も止まったのだった。

「藤田さん、やっぱり模擬弾が原因だったようですね。」

後ろの席から奥田省二が声をかけた。

「ああ、そうだな。機体が嘘みたいに安定したよ。このまま、急上昇と急旋回を試してみよう。」

藤田信雄は、そう言うなり操縦桿を引いて急上昇を始めた。そして小型水上偵察機を右に左に旋回すると今度は降下して低空飛行を試した。

「奥田、これだ、こんな風に俺は飛びたかったんだ。やっぱり飛行機はいいな。まるで鳥にでもなったみたいだ。この水偵を作った技術者達に感謝したいよ。」

藤田信雄は、嬉しそうに操縦桿を握りしめながら奥田省二に語った。

「良かったですね、原因がわかって。でも、どうします。」

奥田省二は心配そうに後席から藤田信雄に尋ねた。

「まあ、仕方がない。この機体にとって爆弾が重すぎるのだろう。とにかく爆弾を積んでいる時は急旋回等を控えれば済むことだ。」

「とりあえずはそうしないと仕方ないでしょうね。とにかく、艦に戻ったら、片倉に振動の事は伝えておきます。」

「そうだな。整備はすべてあいつ任せで申し訳ないが、機体の問題点はすべて伝えておかないといけないからな。」

藤田信雄は、奥田省二にそう言うと久しぶりの操縦を心ゆくまで楽しんだ。もちろん新しい機体の操縦の癖を確認するという事が第一の目的であったが、藤田信雄自身、大空を飛び回る事が何よりも好きだったからでもあった。


藤田と奥田の乗った小型水上偵察機は、発進してから約三十分後に伊二五潜水艦へと戻ってきた。

「水偵が戻って来たぞ。機関停止。」

日下部一男航海長は、機影を確認すると伊二五潜水艦を停止させた。これから小型水上偵察機を収容するまでが潜水艦にとって最も危険な時間であった。海面に着水した小型水上偵察機をこれからクレーンを使って甲板上へと持ち上げるのだが、この作業を行うには、艦を一旦、完全に停止する必要があったからである。

「見張は周辺の警戒を厳重に行え。特に雷跡には十分気をつけろ。」

日下部一男航海長は、艦が停止すると司令塔にいる見張へ大声で命じた。このような場合、敵潜水艦の雷撃が最も怖かったからである。やがて、小型水上偵察機は着水体制に入った。伊二五潜水艦の後方から近づき、艦から約二十メートル程右に離れて着水を試みる。両フロートが海面に一旦ずぶりと沈むがすぐに浮き上がる。そして機体は海面をゆっくり滑るように進むが、水面の抵抗によってやんわりと停止した。その位置は潜水艦のクレーンの支柱から約十メートル程の近さだった。やがて小型水上偵察機はエンジンを停止し、風防を開けて藤田と奥田が顔をのぞかせた。

「収容を急げ。今から時間を測るぞ。」

日下部一男航海長がそう言うのと同時に甲板上の水偵作業員が小型水上偵察機の藤田と奥田めがけて長いロープを投げた。藤田と奥田がそのロープを受け取ると、甲板上の水偵作業員は数人がかりでそのロープを引っ張って小型水上偵察機をクレーンの届く位置まで手際よく手繰り寄せた。伊二五潜水艦のクレーンは普段は前部甲板の右側凹み部分に折り畳んで格納し、使用する場合のみ甲板上に立ち上げるようになっていた。

「藤田さん、奥田さん、今、クレーンからワイヤーを下ろしますので、ワイヤーを機体に固定して下さい。」

水偵作業員の一人が、長さが十メートル以上もあるクレーンを、海上の小型水上偵察機の上まで旋回させると、吊り下げ用のワイヤーをゆっくりと下へとたらした。

「了解、もう少し下ろしてくれ。」

藤田と奥田はそのワイヤーが十分な高さまで降りてくると、小型水上偵察機の数箇所にこれを引っ掛けた。

「それでは、甲板に上げまーす。二人は席に座ってて下さい。」

誰かがクレーンを操作すると小型水上偵察機に取り付けたワイヤーが少しづつ巻かれていき、ぴんと張った状態で一旦止まった。数人がワイヤーの張り具合を確認して合図をする。

「よし、大丈夫です。上げて下さい。」

すると、小型水上偵察機はワイヤーに吊るされた状態で少しづつ海面を離れて上がっていった。

やがてワイヤーを一番上まで巻き上げると、操縦席の藤田信雄から甲板上の水偵作業員達がよく見下ろせる高さで小型水上偵察機は一旦、止まった。

「よし、水偵を台車まで移動して固定するぞ。各員、準備してくれ。」

片倉整備兵曹は、先程射出に使用した滑走台車が甲板上の小型水上偵察機組み立て位置に戻っていることを確認すると格納作業についての細かい指示を各自に行った。それからクレーンがゆっくりと旋回し、小型水上偵察機はワイヤーに吊られた状態で滑走台車の約六十センチ上で止まった。

「よし、台車の上に下ろすぞ。ゆっくりと下ろせ。」

その合図で小型水上偵察機はゆっくりと下りていき、水偵作業員達は機体のフロートや胴体部分を掴んで滑走台車の定位置に載せたのだった。

「藤田さん、奥田さん、機体を定位置で固定したので降りてきても大丈夫です。」

そう声をかけられて、二人はすぐさま小型水上偵察機から降りてきた。

「ふう、片倉。エンジンの調子は上々だが、爆弾を搭載していると、機体の振動がひどくなるな。なんとかならないか。」

藤田信雄は、片倉整備兵曹を見つけると飛行中の機体の振動について説明した。

「そうですか、とりあえず、爆弾投下装置の取り付け箇所を後で見てみます。」

「うん、よろしく頼むよ。まあ、なんとか飛行はできるんだが、危なっかしいからな。」

藤田と片倉が話す傍らでは水偵作業員達は機体の格納に取り掛かっていた。フロートや主翼を固定していたボルトを緩め、数人がかりで主翼とフロートを後方に向けて元のとおりに折り畳んだ。それから小型水上偵察機が載った射出用の滑走台車を格納筒に収納した。最後に格納筒の分厚い鉄製の扉を閉め、今回の演習は終了したのだった。


演習終了後、伊二五潜水艦は、浮上したまま約二十ノットの速度で航行を再開した。それからしばらく経って、艦の士官室では、田上明次艦長や日下部一男航海長、藤田信雄、奥田省二、片倉整備兵曹が集まって演習結果を検証していた。この部屋は、士官のための居室ではあったが個室ではなく、大部屋形式となっており、艦長室と隣り合わせであった。ここには人数分の寝台と簡単なテーブルが据え付けてあり、食事時になると士官達は、ここで食事をとったりしていた。潜水艦の内部は狭く、艦内で会議等ができる場所はここぐらいだった。もっとも、出航して間もないため、ここにも大量の物資が置いてあり、いつもよりも狭く感じられた。

「艦長、爆弾投下装置を取り付けた水偵ですが、機体自体の調子は申し分ないのですが、二発の模擬弾を搭載した状態では、重量オーバーになり、飛行時に機体に異常な振動が見受けられました。一応、真っ直ぐに飛ぶ分には大きな影響はないのですが、急旋回などを試みると振動がひどくなり、機体が大きくふらついて不安定になりました。」

藤田信雄がそう報告すると、田上明次艦長と日下部一男航海長は驚いたようだった。

「模擬弾を搭載した状態ではと言ったが、模擬弾を投下した後は、その異常振動はなくなったのか。」

「はい、いつものような安定した飛行に戻りました。」

日下部一男航海長から尋ねられて藤田信雄はそう答えた。

「その異常振動は、飛行にどれほど影響があるのかね。」

田上明次艦長も心配そうに藤田信雄に尋ねた。

「おそらく、通常の飛行では問題はないでしょう。ただし、敵に見つかって、逃げようとした場合、焼夷弾を抱えたまま急な旋回を行うと、最悪、機体が失速して墜落する危険性があります。」

「なんだと、飛行中にそんな事になったら大変だ。艦長、どうします。」

日下部一男航海長からそう言われて田上明次艦長は藤田信雄に言った。

「なあ、藤田飛行長。ひとつの案だが、水偵に積む焼夷弾を一発にするというのはどうだ。それならば機体は安定するのではないか。」

「いいえ、艦長。今回の作戦に万全を期すのであれば、焼夷弾は二発搭載すべきであると考えます。急な旋回をしなければ、それほど危険ではありませんので当初の予定どおり焼夷弾は二発搭載を認めて下さい。お願いします。」

藤田信雄は、田上明次艦長の提案どおり焼夷弾の搭載を一発のみとすると、満足な爆撃ができなくなると考えて反論した。田上明次艦長は、藤田信雄からそう言われて、少しの間、考えていたが、結局、藤田信雄の事を信じて焼夷弾の二発搭載を認めることにした。

「わかった、焼夷弾は当初の予定どおり二発を搭載するとしよう。だが、約束してくれ。オレゴン州の上空に侵入後、爆撃予定地点に辿り着く前に敵に遭遇したら、迷わずその場で焼夷弾を投棄して逃げてくれ。作戦継続よりも君たちの命を優先するべきだ。」

「わかりました、艦長。もし、爆撃前に敵に遭遇した場合は、無理をせず、焼夷弾をその場で投棄します。」

藤田信雄がそう言うと田上明次艦長と日下部一男航海長も少し安心したようだった。それから次に小型水上偵察機の組み立て及び帰投時の機の収容・分解作業演習の手順について検討した。これについては、田上明次艦長からの意見により、もう一度翌日にでも演習を実施することになった。

「アメリカ本土近海での水偵の発進と収容だ。少しでも作業時間を短縮した方がよい。特に水偵を収容する際には艦を停止する必要がある。そこを敵に狙われたらおしまいだ。作業時間をそれぞれ全体で二分づつ短縮できないか検討してくれ。」

もちろん、作業時間を短縮するには作業人数を増やすという手法があった。しかし、伊二五潜水艦の甲板は小型水上偵察機の組み立てや格納作業を行うには狭すぎた。やみくもに人員を増やすことが得策とは言えなかった。結局、作業の一つ一つにおける水偵作業員の動きを見直して、効率の良い作業手順を実現するよう検証することになった。

翌日の八月十七日、この日も伊二五潜水艦では浮上航行を行いながら小型水上偵察機の組み立てや格納作業を中心とした演習が午後から実施された。今回は藤田や奥田は小型水上偵察機には搭乗せずに、機体の組み立てと格納作業のみを行ったのである。そして、片倉整備兵曹は、作業時間を測りながら、各作業員の動きを注視し、時には作業内容の一部を見直しながら作業時間の短縮に努めたのであった。その甲斐あってか、八回目の演習では、目標としていた二分間の作業時間の短縮を成し遂げた。

「艦長、航海長、目標を達成しました。これでよろしいでしょうか。」

片倉整備兵曹と水偵作業員達は、演習を見ていた二人に報告を行った。

「うん、ご苦労だった。全員、演習を終了してくれ。本番でもその調子で頼むぞ。」

田上明次艦長が皆をねぎらうと、片倉達はほっとしたような表情で後片付けを始めた。日下部一男航海長は、その様子を眺めながら田上明次艦長に言った。

「艦長、作業時間も大幅に短縮できましたね。これなら本番でも大丈夫でしょう。」

しかし、田上明次艦長は、少し考えてから日下部一男航海長に答えた。

「そうだな、とりあえずの目標は達成した。だが、まだ何かが足らないような気がする。航海長は、他に何か思いつかないかね。」

「他にですか。さて、私はこれ以上は思いつかないです。また、皆で士官室に集まって再演習の結果について検証しましょうか。」

日下部一男航海長は、田上明次艦長にそう提案した。

「そうだな。いや、今日はよしておこう。少し、頭の中を整理してからの方が良かろう。」

「わかりました、艦長。」

「とりあえずは、アメリカへ急ごう。」

こうして伊二五潜水艦は海上を約二十ノットの速度で進み、アリューシャン列島の南を通ってアメリカのシアトル方面へ向かう針路をとったのだった。

伊二五潜水艦が横須賀軍港を出航して六日目の八月二十日午前八時頃、発令所に長澤主計兵曹がやってくると田上明次艦長に向かって言った。

「田上艦長、すみません、今、よろしいですか。」

田上明次艦長は、日下部一男航海長と丁度航海図を見ながら現在位置と針路について話していた。

そして伊二五潜水艦は、これから潜航して水中航行に切り替えるところだった。

「君か、すまんが、後にしてもらって良いか。これから潜航するんだ。そうだ、後で烹炊室に寄るよ。」

「わかりました、田上艦長。烹炊室で待ってます。」

長澤主計兵曹はあっさり引き下がると、発令所を出て行った。それから、伊二五潜水艦は潜航を開始した。ここからアメリカまでは、昼間は潜航して水中を航行、夜間は浮上して海上航行とする予定だった。既に日本から遠く離れ、敵と遭遇する危険があったからだった。もちろん、今回は重要な任務を帯びているので、なるべく安全な航路を選択してはいたが、戦争中につき絶対という保証はなかった。そのため、敵に発見されやすい昼間は潜航して水中を航行しているのだった。それも、深度七十メートル程まで潜航し、探知能力に優れた敵の哨戒機からでも発見されないように注意していた。

「よし、航海長。しばらくの間、ここを頼んでもいいかね。」

田上明次艦長は、計器類に異常がないことを確認すると日下部一男航海長に言った。

「了解です、艦長。後は任せて下さい。」

「そうだ、長澤主計兵曹のところへ行ってくるよ。何やら問題が発生したらしい。」

「問題ですか、一体全体、何があったんでしょうな。」

日下部一男航海長が心配そうに尋ねると田上明次艦長は答えた。

「さあな。とりあえず、話を聞いてくるよ。じゃあ行ってくる。」

田上明次艦長はそう言うと発令所を出て烹炊室へ向かった。


田上明次艦長が烹炊室に入ると長澤主計兵曹は昼食の準備をしているところだった。

「あ、艦長、わざわざ来てもらってすみません。」

長澤主計兵曹は、田上明次艦長に気がついて手を止めた。長澤主計兵曹の前には大きな電気調理鍋が据えられており、この鍋でお湯を沸かしながら大量のジャガイモの皮を剥いているところであった。潜水艦での調理には、このような電気で加熱する調理機を使用していた。密閉された空間内に煙を充満させるような調理器具を使用することはできなかったからだ。

「いや、構わないよ。それで一体どうしたのかね。」

田上明次艦長が尋ねると、長澤主計兵曹は烹炊室の隅に置かれた口の開いた大きな麻袋類を指さして言った。

「それがですね、艦長。食糧の一部が傷んでいるみたいです。艦に積み込む際には気が付きませんでしたが、虫食いなのか、この暑さのせいなのか、艦に積み込む前には既に傷んでいたんでしょうな。今朝になって気が付いた次第です。」

「傷んだ食量はどのくらいあるのだ。」

田上明次艦長がびっくりして尋ねると長澤主計兵曹は答えた。

「横須賀の十六番倉庫から積み込んだ分で、ジャガイモやにんじん等、それに白米の一部ですね。計算すると概ね七日分の食糧になります。」

「そうか、七日分にもなるのか。」

「はい、何度も計算したので間違いはありません。」

今回の作戦期間については、司令部では二か月間で見積もっている。アメリカまでの往復日数と通商破壊作戦及びオレゴン州の森林への爆撃に要する日数であるが、小型水上偵察機は天候によっては発進できない状況もあるから決してこれで十分な日数とも言えないのである。そして、敵の攻撃や追跡を受けるなど不測の事態も考えられるので食糧は余裕をもって三か月分、つまり九十日分を積載して出航したのである。だが、七日分の食糧を廃棄せざるを得なくなったので作戦は、八十三日以内に完遂して帰投する必要がある。もちろんぎりぎりの日数ではいけない。余裕を持って食糧がなくなる十日前を目安に帰投したいところだ。すると、七十三日間になるので帰投日の目安は十月二十六日頃になる。田上明次艦長は頭の中で計算すると長澤主計兵曹に言った。

「わかった、作戦の日程を見直すとしよう。それから、横須賀基地にも報告しておこう。あそこの倉庫にはまだ傷んでいる食糧が残っているかもしれない。他の艦が気がつかずに積み込んだら大変だ。それよりも乗組員の食事だが量を減らしたりはしないでくれよ。」

「はい、食事の量だけではなく、栄養面もこれまでどおり気をつけます。特に夏は食欲が減退する者が多くなるので心配です。」

長澤主計兵曹は、今までの航海でも栄養のバランスを考慮した食事を提供するよう気をつけていた。海軍の作成した献立例を踏襲しながらも自分なりの工夫を凝らした内容で、味つけだけでなく乗組員の体調や健康面にも気遣った食事となっていた。

「そうだな。それから、傷んでいる食糧は速やかに廃棄してくれ。」

「わかりました。今夜、浮上した際に海に廃棄します。」

「そうか、しっかり頼むぞ。皆、君の作る食事を楽しみにしている。」

それだけ言うと田上明次艦長は烹炊室から出て行った。作戦可能日数が減った事は確かに残念だが、狭い潜水艦の中、緊張に満ちた任務を二か月を超えて遂行することは、乗組員の体力的にも精神的にも大きな負担となる。なるべくなら二か月以内に任務を遂行して帰投したいものだと田上明次艦長は思った。

八月二十四日午前十時、伊二五潜水艦は潜航して水中を約七ノットの速度で航行していた。これまで敵艦船及び敵航空機との遭遇は一度もなかった。この間を利用して田上明次艦長達は作戦の詳細案を詰めていた。艦の士官室では、田上明次艦長や日下部一男航海長、藤田信雄、奥田省二、片倉整備兵曹が集まって爆撃案について二回目の検討会が行われていた。二日前の会議では藤田信雄が軍令部の立案した作戦計画書に基づいて作成した詳細な実行案が示された。だが、田上明次艦長からアメリカ本土の防空網の状況に柔軟に対応するために複数の侵入ルートを検討しておこうとの意見が出されたのである。そのため、今回は追加の侵入ルートについて、藤田信雄が実行案を作成してきたのだった。

「艦長、これが追加の侵入ルートです。前回の案を『甲案』とすれば、今回の案は『乙案』と『丙案』という事になります。」

藤田信雄はテーブルの上に二枚の紙を置いた。

「藤田飛行長、ご苦労だったな。早速だが、皆に説明を頼む。」

「はい、艦長。今回の『乙案』と『丙案』ですが、オレゴン州のブランコ岬を目印として侵入するという点は、前回の『甲案』と同様です。飛行する側から言えばブランコ岬は目印としては最適ですので三つの案ともこれは変わりません。あとはこのブランコ岬から針路をどう変更するかです。そこで前回の『甲案』に較べてより北側へ針路を変更する案を『乙案』、南側へ針路を変更する案を『丙案』としました。また、爆撃地点も前回の『甲案』とはそれぞれ異なる森林となります。」

田上明次艦長と日下部一男航海長は、三つの案をしばらく見較べていたが、やがて田上明次艦長が言った。

「よし、これでいこう。基本案は『甲案』とするが、オレゴン州近海の状況によっては、『乙案』若しくは『丙案』としよう。」

「そうですね、艦長。選択肢は多い方が良いでしょう。」

日下部一男航海長は、田上明次艦長の考えに同意した。

「わかりました。それではこの三案にもとづいて爆撃を実行します。奥田や片倉もこれで良いな。」

藤田信雄から尋ねられて奥田省二と片倉整備兵曹も頷いた。

「藤田飛行長、ところで焼夷弾を搭載した状態で夜間の水偵発進は可能かね。」

田上明次艦長は、唐突に藤田信雄に尋ねた。

「艦長は夜間爆撃を考えているのですか。」

「ああ、そうだ。敵に察知されないように、早朝、若しくは夜間のように人目につかない時間帯に爆撃を実行したいと思っている。もちろん、夜間爆撃が困難であればあきらめるしかないが。」

藤田信雄は、少しの間考えてから田上明次艦長に答えた。

「もちろん、水偵の夜間発進は可能です。ただし、帰還の際には甲板上に灯りをつけていただけるならばですが。周囲が暗いと上空からこの潜水艦を発見することは困難です。水上艦に較べて船体が小さい上に船体も黒いので最悪の場合、この艦を見つけられないままに燃料が尽きて海上に墜落する場合が考えられます。」

「そうか、発進は可能か。だが、藤田飛行長が言うように帰還が難しくなるということだな。そうだな、リスクはあるが、私は、早朝、若しくは夜間のように周囲が暗いうちならば、アメリカの上空を飛んでも、敵に察知される可能性は低いと考えている。」

「はい、エンジン音だけでは敵機かどうかの判別は難しいでしょう。あと、爆撃自体も目標が広大な森林なので夜間でも問題はありません。」

藤田信雄が、そう言うと田上明次艦長は日下部一男航海長や他の者達にも投げかけた。

「どうだろう、今回はアメリカ本土のすぐ近くから発進することになる。敵に発見されないよう早朝、まだ暗いうち、若しくは夜間に作戦を実施すべきだと考えるがどうかね。」

「艦長、夜間に作戦を行うということになると機体の組み立てや収容・格納作業に時間がかかる恐れがありますが、よろしいのですか。」

「うん、航海長の言うとおりだ。だが、周囲が暗い方がこの艦も水偵も敵には発見されにくいと思うのだがな。」

田上明次艦長としては早朝または夜間発進にした方が結果的には水偵が敵に発見されにくいだろうとの考えだった。

「おい、片倉。水偵の組み立て作業は暗闇の中でもできるのか。」

奥田省二は、発進作業担当の片倉整備兵曹に尋ねた。

「さすがに暗闇の中では無理でしょう。まあ、月が出ていればまだ作業しやすいでしょうが、それでも倍以上の時間はかかるんじゃないですか。」

片倉整備兵曹は、そう言って話を続けた。

「しかし、周囲が暗くても何かで照らせば作業はできますよ。たとえば、水偵作業員をあと二人増やして手持ちのランプを持たせるんですよ。そして組み立てる部分に灯りを照らしてもらえば作業は十分可能です。」

「そうだな、そのくらいの灯りなら敵に発見される心配もないな。艦長、早速あと二名の水偵作業員を選びましょう。」

「そうだな、航海長。それでいこう。あと二名の人選は君にまかせるよ。」

「わかりました、艦長。それでは、早朝若しくは夜中に作戦決行ということですね。」

日下部一男航海長は艦長に念を押した。

「うん、あと十日もすればアメリカに到着だ。今回の作戦は是非とも成功させよう。みんなもよろしく頼むぞ。」

田上明次艦長は、笑みを浮かべながら言った。藤田と奥田が無事生還できる目途がたったからである。一機とはいえ日本機が爆弾を搭載してアメリカ本土の上空を飛ぶのである。アメリカ軍が決して見逃すはずはあるまいと今までは考えていた。藤田信雄の操縦技術が幾ら卓越していても複数の迎撃機から追われたら逃げ切ることはできないであろう。だが、周囲が暗くて視界が悪ければ、たとえ敵機に追われたとしても逃げ切る事も可能かもしれない。他の水上機と較べると潜水艦搭載の小型水上偵察機は、まるでおもちゃのように貧弱な機体ではあったが、藤田信雄が操縦すると、驚くほど高い運動性能を示したのであった。並外れて優れた操縦技術を持つこの男をこのような任務で失うことがあってはならない。田上明次艦長は改めて自身にそう誓ったのであった。

その日の夕刻、藤田と奥田と片倉は、寝台の横で一緒に食事をとっていた。今日の献立は、缶詰イワシのみそ煮に粉末みそと乾燥野菜の味噌汁と白米、それに缶詰の沢庵であった。

「藤田さん、また、今日も缶詰ですね。多分、あと二か月はこんな食事が続くのでしょうね。今回はじゃがいもやにんじんも暑さで傷んだって言うし、食糧が足りなくなるかもしれないですね。」

奥田省二は、金属製のお椀を左手に持って不満そうに言った。

「まあまあ、奥田さん。ダメになった食糧は七日分だそうですよ。元々、余裕を持って食糧を積んでいるから大丈夫ですよ。」

片倉整備兵曹は、奥田省二をなだめるように言った。

「そうだぞ、奥田。艦内は温度が三十度以上もある上に湿度も高いから、野菜が腐るのも早いのだろう。文句言わずに食え。」

藤田信雄も不満を言う奥田省二をたしなめた。約七日分の食糧が傷んでいて廃棄した事は既に全乗組員が知っていた。田上明次艦長が長澤主計兵曹からこのことを聞いた後、全乗組員にきちんと説明をしたからであった。

「すみません。皆も我慢しているのに俺だけ文句を言ったりして。でも、食糧はともかく潜水艦の中は暑いですね。この艦に乗って初めての夏ですが、冷房装置があるのにこれほど暑くなるとは正直思っていませんでした。」

藤田と奥田と片倉は、昨年の十一月にこの艦に配属となったため、真夏の艦内の暑さは初めて体験するもので、予想以上の暑さにまいっていたのだった。

「新鋭艦だから冷房装置が整っていることを期待していたが仕方がないな。これでも、ないよりはましなのだろう。まあ、我慢すればいいことだ。それよりも、片倉、水偵の整備状況はどうだ。」

藤田信雄は、話題を変えて片倉整備兵曹に尋ねた。

「はい、この前の飛行記録をもとに整備をしているところですが、今のところ何の問題もありません。前の機体と同じくらいエンジンの調子も良好ですし、藤田さんは着水も上手ですので、フロートの支柱周辺も不具合はないです。ただ、爆弾投下装置の取り付け箇所については、これから見ていくところです。」

「格納筒の中で、一日中水偵の整備をするのは、暑くて大変じゃないか。何か俺にも手伝えできる事でもあれば良いのだが。」

「いえ、大丈夫です。整備は私の仕事ですから。藤田さんと奥田さんは次の出撃に備えて体調を整えておいてください。」

片倉整備兵曹は、毎日、格納筒の中で小型水上偵察機の整備をしていた。ここには小型水上偵察機の胴体、主翼、フロートが折り畳んで納められているが、飛行後の機体の一つ一つの部品を丹念に調べて傷や不具合がないかを確認していた。ただ、格納筒の中は整備をするにはあまりにも狭すぎた。機体と格納筒の内壁との隙間はほんの僅かで、体の方向を変えることすら困難だった。また、格納筒の天井に照明はあるが、機体の陰になる部分はよく見えないので、手持ちのランプで補って作業をしているのだった。

「そうか、片倉。それでは、水偵の整備はよろしく頼むぞ。」

「はい、本番では、お二人が最高の状態で発進できるよう整備しておきます。」

藤田からそう言われて片倉整備兵曹も嬉しそうに答えた。今回の作戦に使用する小型水上偵察機の整備を担当できる事は片倉整備兵曹にとっても嬉しい事であった。アメリカ本土を初めて爆撃するという大作戦に関わることができたからである。だからこそ、小型水上偵察機をいつも以上に念入りに整備しようと考えていた。そのためには寝る間を惜しんで整備する事もいとわなかった。そしてその小型水上偵察機を操縦する藤田信雄は、片倉整備兵曹にとって憧れの操縦士だった。それは藤田信雄が抜群の操縦技術を有しているからだけでなく、自分が正しいと思うことを正しいと言えるような真っ直ぐな人物であったからでもある。それ故、できることなら、これから先も、藤田信雄の乗る機体の整備は自分が続けたいと密かに思っていた。

「よし、食事が終わったら、今日は三人で甲板に上がって夕涼みといこう。」

藤田信雄が急にそう言い出し、夕食後、三人で甲板に上がった。外は、既に暗くなっていて、甲板上には涼しい風が吹いていた。伊二五潜水艦は、現在、浮上して水上を約二十ノットの速度で航行していた。浮上時はディーゼル機関を用いるのでどうしても排気ガスは出るし騒音も大きかった。しかし、それでも、甲板上は三人にとって心地良かった。

「昼間、艦が海中を航行していると、艦内がだんだんと息苦しくなっていくから、浮上してから、こうやって甲板に出て吸う空気の味は格別だな。見ろよ、今日は星が見えるぞ。」

藤田信雄は大きく深呼吸をすると二人に言った。

「そうですね、藤田さん。艦が浮上している時だけでも、外の新鮮な空気を吸わないと体の調子が悪くなりますよ。」

片倉整備兵曹は、司令塔に寄りかかると、背伸びをしながら言った。

「本当にそうですね。やっぱり窮屈な艦内と較べると広くていいですよね。あとはこの排気ガスの臭いがなければ言うことないですけど。」

奥田省二が甲板にしゃがみ込みながらそう言うと、片倉整備兵曹は奥田省二に言った。

「奥田さん、現在、この艦はアメリカへ急いでいるので仕方がないですよ。それに私はこの臭いは好きですよ。エンジンの調子もわかりますしね。」

「なんだい、片倉。整備ばっかりしていると、そんな風になってしまうのか。お前も難義な男だな。」

奥田省二はあきれたように片倉整備兵曹に言った。すると、藤田信雄は片倉整備兵曹を向いて唐突に尋ねた。

「なあ、片倉。お前は飛行機の整備をしていて、機械にはずいぶん詳しいと思うが、敵の飛行機と我々の飛行機はどちらが優れているんだ。」

「藤田さん、突然、どうしたんですか。いつもは飛行機の性能よりも操縦の腕前の方が重要だと言っているのに。何かあったのですか。」

片倉整備兵曹はいぶかしげに藤田信雄に尋ねた。

「いや、アメリカの方が生活は豊かで産業も発達していると以前聞いたことがあるが、実際のところ、飛行機の性能はどうなのかなと思ったんだ。」

「うーん、私は水偵の整備をしているだけなので参考になるかどうかわかりませんが、水上機に限ってみれば、重巡等に搭載している三座の水偵は、アメリカの水上機よりもかなり優れているそうですよ。」

「うん、『零式水上偵察機』の事だな。あの機体には、俺も一度は乗ってみたいと思っている。なんでもエンジンの出力が一千馬力を超えているそうだな。」

片倉整備兵曹からそう言われて、藤田信雄は納得して頷いた。

「藤田さん、零式水偵は強力なエンジンを積んでいるから速度も速いし、三人が乗った上に爆弾を四発も搭載できるそうですよ。それに較べるとうちの水偵は軽量でおもちゃみたいな性能ですね。まあ、潜水艦に搭載するからにはこの方が都合が良いのでしょうね。」

片倉整備兵曹は、二機を比較して冷静に分析をして言った。

「そうだな、潜水艦に搭載する以上、様々な制約があったと聞いている。他の水偵とは用途が異なるのだから仕方がない。だが、俺はこの機体が好きだよ。軽量なので風に乗って飛行しているような感覚を味わえて最高だな。」

「そうですか。水偵も藤田さんに乗ってもらえて本望でしょうね。藤田さんの操縦を見ていると、機体の能力を十二分に引き出していることが私にも理解できますよ。」

片倉整備兵曹からそう言われて藤田信雄は照れたように答えた。

「いや、そんな立派なものじゃない。水偵に乗ると、いつも単独飛行になるからな。他の機の応援を期待できない以上、どのような状況になっても、自力で生還しないといけない。まだ、死にたくないだけだ。」

それを聞いた片倉整備兵曹は、以前から抱いていたある疑問を藤田信雄に尋ねたい衝動にかられた。

「藤田さんはやっぱり今度の作戦は怖いですか。」

片倉整備兵曹にそう尋ねられた藤田信雄は、しばらくの間考えてから答えた。

「怖くない、と言ったら嘘になるな。今回の作戦では、軍令部やこの艦のみんなの期待を背負っている。だから、失敗してみんなの期待を裏切る事は確かに怖いかな。」

藤田信雄がそう言うと片倉整備兵曹は黙ってしまった。今度の作戦で藤田と奥田が無事に艦に戻って来るのか急に不安になったからであった。

四　黎明の出撃

九月七日、伊二五潜水艦はアメリカ本土のオレゴン州の沿岸付近に到着した。ここで浮上し、小型水上偵察機を発進させれば、十分に目標のオレゴン州に広がる大森林を往復できる。しかし、嵐の影響なのか海上が荒れていて、小型水上偵察機の発進は無理な状態であった。

「艦長、海上の様子はどうですか。」

日下部一男航海長は、潜望鏡を覗いて海上を窺っている田上明次艦長に声をかけた。現在、伊二五潜水艦は作戦海域に到着して二時間が経過していた。

「だめだ、決して天候は悪くはないが、波が高すぎる。これでは、浮上しても水偵の発進作業はできない。」

田上明次艦長は、潜望鏡をたたむと傍らの日下部一男航海長に言った。発令所内にいる他の乗組員達も心配そうにしていた。

「艦長、嵐でも来るのですかね。」

「いや、空は晴れているのだ。この時期特有の現象かもしれない。しばらくは様子をみてみよう。」

田上明次艦長はそう言ってから艦内の時計に目をやった。日没まであと四時間だが、本日の出撃はもう無理と思われた。

「航海長、一旦、この海域から離脱する。作戦決行は明日以降に延期する。」

伊二五潜水艦は、現在アメリカの哨戒網内を二十時間以上潜航して航行していた。このまま、潜航を続けていたら、蓄電池の容量がますます減少するだけでなく、艦内の酸素も減って息苦しさが増していくだろう。そして、艦内の二酸化炭素の濃度が高まると体調を崩す者も続出する。それゆえ、田上明次艦長は一旦、哨戒網外へと逃れてから艦を浮上させ、蓄電池を充電し、艦内の空気も入れ替えようと考えた。そこで、田上明次艦長は、深度五十メートルまで潜航するよう、発令所内で指示を出してから、藤田信雄に発令所まで来るよう伝えた。

「艦長、お呼びでしょうか。」

藤田信雄は、すぐに発令所へとやって来た。

「うん、実は、水偵の出撃についてだが、現在、海上が荒れていて水偵の発進作業が出来ない。従って本日の夜間出撃は明日以降へと延期する。また、本艦は、敵の哨戒網外へ一旦退去する。よって藤田飛行長及び奥田偵察員の出撃待機命令を解除する。」

田上明次艦長は、藤田信雄の正面に立つとはっきりとした口調で言った。

「そうですか、わかりました、艦長。」

藤田信雄は一目でわかるほど残念そうに言った。藤田信雄は、この海域に達する二、三日前から気持ちは出撃待機状態のようになっていたのだ。特に前日に田上明次艦長から今日の出撃に備えるよう命令がくだってからは緊張の極みと言っていい程だった。その様子を見ていた田上明次艦長としては、藤田信雄の緊張を一旦ほぐすためにわざわざ発令所へ呼んでから伝えたのだった。

「藤田飛行長、そんなに落ち込むな。自然が相手なのだから仕方がない。明日の午後にもう一度この海域に戻って来て様子を見る。その場合、出撃は早くても明日の日没だ。今日のところは、飯でも食ってゆっくり休め。」

田上明次艦長は、そう言うと藤田信雄の肩をぽんと叩いた。

「藤田、今、艦長が言ったとおりだ。しばらくは出撃見送りだ。今のうちに休んでおけ。」

日下部一男航海長も藤田信雄の事を心配して言った。

藤田信雄は二人からそう言われると、頭を一回下げて発令所を出て行った。

「艦長、藤田はずいぶんと落ち込んでいましたな。」

日下部一男航海長は、藤田信雄が発令所から出て行った後、心配そうに田上明次艦長に話しかけた。

「そうだな、藤田飛行長は、横須賀を出航する前から本作戦の事で頭が一杯だったからな。作戦が延期になった事で緊張の糸が切れたのかもしれない。しかし、少し休めば大丈夫だろう。」

「そうですな、艦長。藤田信雄は、軍令部も認めたほどの極めて優秀な飛行機乗りです。我々が心配する必要はないでしょう。」

田上明次艦長と日下部一男航海長は、そう言ってお互いに納得した。

「艦長、現在、深度五十メートルにまで達しました。」

その時、深度計を見ていた乗組員が田上明次艦長に報告した。

「よし、深度、速度このままで、敵の哨戒網外へ出る。」

伊二五潜水艦は、この後、アメリカ軍の哨戒網外まで到達すると、夜間を待ってから浮上航行へと切り替えた。


九月八日午後一時、伊二五潜水艦は、潜望鏡で海上の様子を確認したが、海上は依然荒れていて、小型水上偵察機の発進は、無理であった。

「藤田さん、なかなか水偵は発進できないですね。この辺の海はおかしいですね。」

奥田省二は、自分の寝台の上に座り込むと藤田信雄に向かって言った。伊二五潜水艦は、オレゴン州の沿岸付近の海中に潜んでいたが、今日も作戦決行は無理と判断されたため、現在、回頭してオレゴン州の沿岸から遠ざかっているところだった。

「そうだな、どうやら、この季節特有の現象らしいぞ。空は晴れて空気も澄んでいるそうだ。それなのに波がうねっていて発進は無理だそうだ。」

「でも、藤田さん、いつまで続くのでしょうか。このまま、あと、二か月も海上が荒れていたら作戦そのものが中止になりかねないですよ。」

「そうだな、そうなる前に、もっと遠く離れた海域から発進する事も検討しておかないといけないだろうな。」

藤田信雄は、作戦そのものが中止とならないよう、既に腹案を練っていた。

「オレゴン州から遠く離れた海域からの発進ですか。それならば波が穏やかで発進には支障がないかもしれないですが、あまり遠くから水偵を発進した場合、帰りの燃料が足らなくなるかもしれませんよ。」

奥田省二は心配そうに言った。

「まあ、確かに燃料はぎりぎりかもしれないな。もちろん、これは最後の手段だな。とりあえずはもうしばらく波の様子を見てみよう。」

藤田信雄は、奥田省二にそうは言ったが、作戦計画書で爆撃は三回実施するとあるため、一回目の爆撃を早めに実施したいと考えていた。それは、出撃の間隔は一週間以上空けたかったからだった。爆撃に成功してうまく帰還できたとしても、機体の状況によっては再出撃のための整備にかなりの時間を要することも考えに入れておかないといけない。機体の整備は片倉整備兵曹が一人で行うため時間がかかった。

「そうですね。まだ、アメリカに到着して二日目ですからね。」

「そうだ、無理して出撃して機体を損傷させては元も子もないからな。今は、海上が穏やかになるのを待つだけだ。」

藤田と奥田は、その後、気を紛らわすためにしばらく談笑していたが、午後五時頃に二基の電動モーターの音が急に止んで艦が水中で停止した。それから艦は、その場で海面近くまでゆっくりと浮上したのである。

「藤田さん、奥田さん、艦長が士官室まで来て頂きたいとのことです。」

艦が海面近くまで浮上して三十分程経った頃、若い兵曹が二人を呼びに来たのだった。

「一体、どうしたんだ。」

藤田信雄の問いに、その若い兵曹は答えた。

「海上の様子が少しづつ穏やかになりつつあるそうです。作戦決行準備とのことです。」

「そうか、わかった。」

藤田信雄はそう言うと、奥田省二を伴って士官室へ行った。そこでは、田上明次艦長と日下部一男航海長と片倉整備兵曹が何事か相談していた。

「艦長、出撃ですか。」

藤田信雄は、士官室に入ってから田上明次艦長を見るなりそう尋ねた。

「藤田飛行長、来たか。慌てるな、まだ、決定ではない。今まで海上がかなり荒れていたが、現在は少しづつ回復しつつあるという程度でまだ飛ぶのは無理だ。」

「そうですか。ではどうするのですか。」

藤田信雄の問いに田上明次艦長はテーブルの上の航路図を指さしながら答えた。

「この艦の現在位置は、ここだ。水偵の発進予定地点からかなり遠ざかってしまっている。今から、発進予定地点まで戻り、そこで海上の様子を確認して発進の最終判断を行う。」

「それは何時頃になりそうですか。」

藤田信雄は、田上明次艦長に食い下がるように尋ねた。

「今、航海長とも話していたが、オレゴン州の沿岸付近に到着するのは深夜になりそうだ。」

田上明次艦長はそう言ってから続けた。

「到着したら、海上を確認して、すぐに発進できるかどうかを判断する。現在の海上の様子では、九日の早朝に作戦を決行することになりそうだ。」

「わかりました、艦長。奥田、片倉、二人ともいよいよ出撃だぞ。」

藤田信雄は、気合の入った声で二人に言った。

「藤田さん、奥田さん、良かったですね。既に水偵の準備は完了しています。エンジンも時々暖気運転をしておいたので好調な筈です。それに爆弾投下装置の取り付け箇所も点検して、多少手直ししておきましたので振動も軽減したと思います。これは、実際に飛んでみて確認して下さい。」

片倉整備兵曹は、艦が海上を航行していた時に格納筒の扉を空けて、小型水上偵察機のエンジンの運転をたびたび行っていたのだった。小型水上偵察機の『天風一二型』エンジンは九つの気筒をピストン軸を中心にして円のように並べた型式になっていたが、片倉整備兵曹はこのエンジンの性能を最大限に引き出すために、各気筒を細かく調整することによって、どのような回転数であってもスムーズにプロペラが回るように整備をしていたのであった。

「そうか、片倉。ありがとう。これで安心して飛べるよ。」

藤田信雄は、片倉整備兵曹に礼を言うと、今度は田上明次艦長と日下部一男航海長に向かって言った。

「田上明次艦長、日下部一男航海長、これまでいろいろとありがとうございました。きっと爆撃を成功させてみせます。」

「うん、二人とも頼むぞ。いいか、今回の作戦の成否はお前たち、水偵の搭乗員にかかっている。他に代わりはいない。だから、爆撃を成功させて必ずここへ帰って来い。間違っても、途中であきらめたりするなよ。」

田上明次艦長は、藤田と奥田を激励するように言った。

「そうだぞ、二人とも。いいか、爆撃は三回実施するのだぞ。最初の一回目で失敗して撃墜されるなよ。」

日下部一男航海長も冗談を交えながら二人に言った。

「はい、水偵は藤田さんが操縦するので絶対に大丈夫です。皆さんは、安心して吉報を待っていて下さい。」

奥田省二は軽口をたたいたが、実際は少し緊張しているようであった。藤田と奥田と片倉は簡単な打合せを済ませると士官室を出て行った。その間、天候に関する情報が随時発令所よりもたらされたが、総合するとやはり九日早朝の作戦決行が濃厚という結論に達したのであった。

　九月九日午前二時、伊二五潜水艦は、オレゴン州沿岸の小型水上偵察機発進予定地点まであと約三時間の地点まで接近していた。本当は既に目標地点に到着していないといけなかったのであるが、途中、アメリカ軍の哨戒機をやり過ごすために二時間以上を費やしてしまったのだった。田上明次艦長としては、夜明け前に小型水上偵察機を発進したかったので、潜航中の速度としては最速の時速八ノットの速度で目標地点を目指して航行していたのだ。もちろん二基の電動モーターに最大限の負荷がかかるのであるから、大量の電力を消費したので、蓄電池の容量はみるみる減っていったが、今回の作戦の成否には代えられなかった。

「藤田さん、この艦、かなり急いでいるみたいですね。」

　奥田省二は、伊二五潜水艦が水中を全速力で航行する時に発生する轟音を聞きながら藤田信雄にそう言った。

「そうだな、多分、何時間も全速力で進んでいるのだろう。こんなに大きな潜水艦が電動モーターという物でこんなにも速く航行できるのだからな、やっぱり凄いな。」

　藤田信雄は感心したように言った。

「そうですね。この潜水艦は、大きな蓄電池を二百個以上も搭載していて、水中ではその電池を使って航行しているそうですよ。こんなこと田舎の両親に言っても、とても理解できないでしょうね。」

「そもそも、電気なんて目に見えないからな。まあ、電球が明るく輝いているのも、俺にはよく理屈がわからないんだ。海中では、電気でこの艦を動かしているんだろう。飛行機の燃料のように目に見えて、だんだんと少なくなる物ならなんとなくわかるのだがな。」

藤田信雄は、そう言うと傍らに置いてあった自分の手帳をおもむろに開いて、何事かを記入し始めた。

奥田省二は、藤田信雄が手帳に何を書いているのか気になって尋ねた。

「藤田さん、今度は何を書いているのですか。遺書は出航前に書きましたし。何か爆撃に関する事ですか。」

「いや、爆撃とは関係ない。ただ、忘れないように書いておこうと思ったんだ。」

「忘れないようにって、何をですか。」

奥田省二からしつこく聞かれて藤田信雄は答えた。

「この艦の航行用の電動モーターと電気の仕組みについてだ。作戦が終了して戻ってきたら詳しい事を機関部の誰かに聞いてみるよ。」

藤田信雄は、そう言って笑うと、あと数時間後にせまった出撃を想像してがぜん奮い立ったのだった。


九月九日午前四時、田上明次艦長は仮眠を終えて発令所へ戻ってきた。

「航海長、海上の様子はどうかね。」

「あ、艦長、艦内から聴こえる限りでは、波は静かなもんですね。艦は、あと一時間もすれば予定地点に到着しますが、水偵の発進は差し支えないと思いますね。」

日下部一男航海長は、にこやかな顔でそう答えた。

「そうか、ようやく一度目の爆撃を実施できるな。藤田飛行長もさぞ待ちかねたことだろう。そうだ、蓄電池の残量はどのくらいだ。」

田上明次艦長は、発令所要員の一人に蓄電池の残量について尋ねた。今回、長時間にわたって推進用の電動モーターを最大限に稼働していたので、蓄電池の容量の低下を心配していたのだった。

「艦長、蓄電池の残量は既に三割を切っています。このままの速度では約六時間後には航行不能になってしまいます。」

その要員は操作盤の目盛りを見ながらそう言った。潜水艦にとって蓄電池の電気は生命線である。水中航行用の電動モーターだけでなく、艦内の照明や数々の機器類の使用には全て電気が必要であったからである。

「そうか、思ったよりも減ったな。航海長、予定地点も近いことだし、そろそろ速度を落としても支障ないだろうな。」

「そうですね、艦長。速度を時速六ノットまで落としても到着は約二十分遅れるだけです。アメリカの哨戒網内ですので、なるべく蓄電池の容量を残しておいた方が良いでしょう。」

日下部一男航海長がそう言うと、田上明次艦長もすぐに同意した。田上明次艦長も電動モーターを最大限に稼働した場合、ここまで蓄電池の容量が減ることになるとは思ってもいなかったからである。

「わかった、速度を時速六ノットに落とすことにしよう。それにしても、急ぐ必要があったからとはいえ、ずいぶんと蓄電池を消耗してしまった。爆撃が終わったら一度アメリカ軍の哨戒網外へ出てから充電しないといけないな。航海長、満充電にはどれぐらい時間がかかるかわかるかね。」

「そうですね、アメリカ軍の哨戒網外まで出て充電するならどんなに電気を節約しても、その時の蓄電池の残量は一割程度でしょうし、それから艦を浮上させて、補助発電機を最大限に動かして十時間くらいではないでしょうか。」

日下部一男航海長は、ディーゼル機関の補助発電機の発電容量から考えてそのように田上明次艦長に答えた。

「わかった、充電には十時間ぐらいかかるんだな。」

田上明次艦長は、そう言って頷くと艦の航行速度を時速八ノットから六ノットに落とすよう各員に指示を出したのであった。それからまもなくして長澤主計兵曹が何かを持って発令所にやってきた。

「艦長、それに発令所の皆さん、夜食ですよ。」

長澤主計兵曹は、金属製のお盆の上に握り飯をのせてやってきたのだった。

「おう、すまんな。丁度、小腹がすいていたところだよ。気がきくじゃないか。」

田上明次艦長は、差し出された握り飯を左手で受け取ると長澤主計兵曹に礼を言った。

「艦長、それに皆さん、今から大勝負でしょう。どうか頑張ってくださいね。」

長澤主計兵曹は、発令所要員一人一人に握り飯を配っていった。すると、最初に握り飯をほおばった田上明次艦長が長澤主計兵曹に言った。

「うん、いい塩加減だ。これはうまいな。そうだ、藤田と奥田の二人にも握り飯を持って行ってやってくれるか。」

「艦長、ここに来る前に二人の寝台に寄ったら、もう起きていたので握り飯を渡してきたところですよ。二人ともさっそく握り飯にかぶりついていましたよ。」

「そうか、二人とも握り飯を食える余裕はあるようだな。よかった。」

田上明次艦長は、長澤主計兵曹から二人の様子を聞くと安心したようだった。

「艦長、そろそろ小型水上偵察機の組み立て要員達も起こしておきましょう。」

日下部一男航海長はそう言うと、発令所要員の一人に各水偵作業員を起こしに行かせた。それからも伊二五潜水艦は小型水上偵察機の発進予定地点まで水中を航行し、約一時間後にオレゴン州の沿岸から約三十八キロメートルの地点に到着したのだった。

藤田と奥田は、既に飛行服に着替えて待機していたが、艦の推進音が急に静かになり、艦が停止したことに気づいた。

「奥田、どうやら着いたみたいだぞ。」

藤田信雄はそう言うと、立ち上がって背伸びをした。

「そうですね。いよいよですね。ここはもう敵地ですね。」

奥田省二は、そう言ってから、手荷物を開けて酒を入れた水筒と盃を二個取り出すと、盃の片方を藤田信雄に手渡した。

「藤田さん、出撃前に二人で盃を交わす約束だったですよね。」

「うん、お前とはこの艦に乗って以来の仲だったが、今日は俺に命を預けてくれ。必ず爆撃を成功させて帰って来るぞ。」

藤田信雄がそう言うと、奥田省二は藤田信雄の盃に水筒を傾けて酒をそそいでから言った。

「藤田さんの操縦の腕前はこの俺が一番知っています。藤田さんに全てをお任せします。」

「そうか、今日はやってやるぞ。四月に我らの日本を爆撃したアメリカの奴らに目に物を見せてやる。」

藤田信雄はそう言ってから、今度は奥田省二の盃に酒をそそいだ。

「藤田さん、爆撃を是非とも成功させましょう。」

「もちろんだ。」

二人は、そう言ってから盃を交わした。それから二人は赤い日の丸と必勝の文字が書かれた揃いのはちまきを締めた。二日前に乗組員の一人が持ってきた物で、二人は、これを受け取りながら、乗組員皆の期待を一心に背負っているのだと感じたのだった。それからまもなく発令所の要員の一人が二人のもとにやって来た。

「藤田さん、奥田さん、まもなく作戦決行です。この艦は、これから浮上しますので、浮上したらすぐに前甲板へ上がって下さい。」

その若い兵曹は顔を紅潮させながら言った。これから何が始まるのか皆知っているから興奮しているのだった。

「よし、行くぞ、奥田。」

「はい、藤田さん。」

二人は、艦が浮上したらすぐに甲板に上がれるよう、中央ハッチへ向かった。

伊二五潜水艦は、出撃予定地点に到着後、潜望鏡深度まで浮上して周辺の様子を窺っていた。海上の波は静かになっているが、近くを航行している船舶がないかどうかを確認するためであった。いきなり、海面まで浮上して敵船と遭遇しては、せっかくの計画が台無しになるどころか、この艦が危機に陥るからだ。アメリカ軍の哨戒網内にいる以上、少しのミスが命取りになるのだ。もちろん、聴音機を使って海上には、船舶等がないことを確認はしているが、停止中の船舶等まではわからないため、必ず潜望鏡で確認するようにしているのだ。田上明次艦長は、潜望鏡を左右に回しながらまだ真っ暗な海上をじっくりと窺ったが、船舶等の灯りはまったく見えなかった。

「よし、浮上しよう。航海長、浮上したらすぐに水偵の発進準備だ。今回は私も前甲板へ上がる。君はここにいて艦が浮上したら、風上の方角をすぐに確認して、風上に向かって航行するよう指示してくれ。もし、敵機が現れたら、方向転換して潜航準備に入ってくれ。」

田上明次艦長は、潜望鏡をたたみながら日下部一男航海長に言った。

「わかりました、艦長。水偵の発進準備は片倉が指揮をとるようになっています。それに、まだ周囲が暗いので足元に気をつけてください。」

「わかった。ありがとう、航海長。ここは頼むぞ。」

田上明次艦長は、艦の航行を日下部一男航海長にまかせ、発令所を出て行った。

「よし、今から浮上するぞ。」

日下部一男航海長の合図とともに発令所の各要員が幾つかのバルブや操作盤のスイッチを次々と操作して、伊二五潜水艦は浮上を開始した。日下部一男航海長は、それから伝声管を使って艦内に指示を出した。

「航海長の日下部だ。今から浮上を開始する。浮上後、予定どおり水偵を発進するので、総員準備せよ。なお、田上艦長は甲板にて直接作戦の指揮をとる。」

伊二五潜水艦は、徐々に海上にその姿を現し、約二分後には浮上を完了した。それから幾つかのハッチが開け放たれ、乗組員が次々と飛び出してきた。いよいよ、アメリカ本土を小型水上偵察機により爆撃するという前代未聞の作戦が開始されたのだった。

　まず、前部ハッチからは、手持ちのランプを持った二名の乗組員が出て来た。彼らの役目は、続く六名の水偵作業員が作業しやすいように手元を明るく照らすことであった。それから小型水上偵察機の組み立て作業を行う六名の水偵作業員が出て来た。また中央のハッチから片倉整備兵曹、藤田信雄、奥田省二、田上明次艦長の順に四名が出て来た。そして後部ハッチから二名が出て来て司令塔に上り、双眼鏡を取り出して周囲の警戒にあたった。飛行服を着用した藤田と奥田は、甲板上で手足を伸ばしたり前屈をしたりと、軽い準備運動を始めた。

「暗いから足元に気をつけろ。まずは、水偵を引き出すぞ。」

　片倉整備兵曹は、大きな声で水偵作業員達に指示をだした。周囲はまだ夜明け前で暗かったが、月明りと手持ちのランプの灯りのおかげで作業は順調に進んでいった。折り畳まれていた小型水上偵察機が、格納筒から引き出された後、みるみるうちに発進可能な状態へと組みあがっていく様を見て田上明次艦長は満足そうに頷いた。

「よし、焼夷弾を水偵に搭載するぞ。慎重にいけ。こいつは模擬弾ではないからな。ここで爆発したら、大変なことになるぞ。」

　水偵作業員の一人がそう言って皆に注意を促す。すると演習の時にはなかった緊張感が甲板上にいる全員に漂った。それでも皆てきぱきと作業を続け、小型水上偵察機の組み立てはほぼ終了した。

「藤田さん、奥田さん、エンジンを始動します。機に搭乗してください。」

片倉整備兵曹は、藤田と奥田に小型水上偵察機に搭乗するよう促すと、『天風一一型』エンジンの運転を開始した。たちまち静かな海にエンジンの大きな音が鳴り響き出した。

「うん、いい音だ。片倉、一人で整備するのは大変だったろう。ありがとう。」

「いえ、気にしないで下さい。それよりも機体の整備は万全です。藤田さん、奥田さん、気をつけて行って下さい。」

片倉整備兵曹からそう励まされた後、藤田と奥田は今度は田上明次艦長の前へ駆け寄ると敬礼をしてから言った。

「田上艦長、今から焼夷弾による爆撃のために、オレゴンの大森林へ、藤田飛行長、奥田偵察員の二名、出撃します。」

「うん、計画通り、慎重に飛べ。そして、必ず戻って来い。」

田上明次艦長も敬礼をすると、穏やかな口調で言った。それから二人は小型水上偵察機に搭乗すると、操縦系の計器類を一つづつ確認した。

「藤田さん、計器類は大丈夫ですか。」

奥田省二は、確認するように後部座席から声をかけた。

「大丈夫だ、発進準備完了だ。」

藤田信雄は、奥田省二にそう言うと、手を挙げて準備完了の合図をした。

「射出機準備よし。」

片倉整備兵曹からそう励まされた後、藤田と奥田は今度は田上明次艦長の前へ駆け寄ると敬礼をしてから言った。
「田上艦長、今から焼夷弾による爆撃のために、オレゴンの大森林へ、藤田飛行長、奥田偵察員の二名、出撃します。」
「うん、計画通り、慎重に飛べ。そして、必ず戻って来い。」

小型水上偵察機と射出機の準備が完了したことを確認した片倉整備兵曹は、田上明次艦長へ合図を送った。そしてそれを見た田上明次艦長は、発進用意の合図をした。伊二五潜水艦は、既に発進の支援のために風上に向かって十分に航行速度を上げていた。

「よし、発進だ。」

合図とともに圧縮空気によって射出機が始動し、滑走台車ごと小型水上偵察機が勢いよく前方に射出され、次の瞬間には小型水上偵察機のみが潜水艦から射出されたのであった。小型水上偵察機は、それから少しづつ高度を上げ、あっという間にまだ薄暗い空を高度三百メートル程まで上昇したのである。

「おーい、頑張れよー。」

水偵作業員達は、小型水上偵察機が無事発進したことを見届けると各々が帽子を大きく振りながら大声で声援を送った。田上明次艦長も遠ざかる小型水上偵察機の姿を見つめ、藤田と奥田の無事の帰還を願うのだった。

小型水上偵察機は、それからも上昇を続け、高度八百メートルに達すると、一旦水平飛行に移った。藤田信雄は、月明りの中を操縦しながら、片倉整備兵曹の整備した機体の調子が非常に良い事を感じ取っていたが、二発の焼夷弾の重量過多も気になっていた。

「藤田さん、この前のような振動はないですね。」

奥田省二は、後ろの座席からそう声をかけた。

「そうだな、奥田。振動はなくなったが、機体がふらつくのは変わらないんだ。まあ、重さ七十六キロの焼夷弾を二発も積んでいるから仕方ないな。」

「機体は大丈夫ですか、目的地まで飛べそうですか。」

奥田省二は心配そうに尋ねた。

「飛ぶだけなら大丈夫だ。そうは言っても現在の速度は時速百三十キロメートル程だが、これ以上速度を上げると機体のふらつきが大きくなって失速しそうだ。」

「そうですか、敵機に見つかったら大変ですね。迎撃機なら速度は時速三百キロメートル以上になるでしょうから、とても逃げられないですよ。」

「奥田、心配するな。いざとなったら焼夷弾を投棄して全速力で逃げるからな。そうすれば、こいつでも時速二百五十キロメートルはでる。」

「そうですね、藤田さん。そうするしかないですね。まあ、見つからないのが一番なんですけど。」

「そうだな。しかし、もうすぐ午前六時だ。朝日が昇ればこの機も発見されやすくなる。なんとかもう少し速度を上げてみよう。」

藤田信雄はそう言うと、慎重に速度を上げていった。すると機体のふらつきはだんだんと大きくなり、舵を掴む手に振動が伝わってきた。それでも藤田信雄は、巧みな操縦により安定した飛行を続けたのであった。

「藤田さん、目標のブランコ岬が見えました。あれが灯台の灯りですよ。」

奥田省二は嬉しそうに藤田信雄に言った。ブランコ岬は、オレゴン州の南の端に位置しており、カリフォルニア州との州境付近に位置していた。

「ああ、とうとうここまで来たな。よし、まだ見つかってはいないようだ。爆撃予定地点まで確かあと三十分くらいだったな。」

藤田信雄は、アメリカ本土上空までたどり着いた事を喜んでいた。藤田信雄は、内心すぐにアメリカ軍によって発見され、迎撃機から追いかけまわされることも予想していたので少々拍子抜けとも思えた。そして、この先、いまだかって自分が見たこともない広大な土地の上空を飛行するのだと考えると心が奮い立った。

「はい、ブランコ岬からは方向を変えて、エミリー山脈を目指します。敵の対空砲火も警戒しないといけないので高度も徐々に上げて行きましょう。」

「よし、奥田、目的地まで案内を頼むぞ。現在の高度は約二千百メートルだ。あと、五百メートル程上昇するぞ。」

藤田信雄はそう言うと上昇しながら飛行を続け、ブランコ岬の上空で機体が失速しないように慎重に方向を南南東へ変更し、夜明けを迎えつつある内陸部を下方に眺めながら爆撃予定地点へ向かったのであった。

その後も小型水上偵察機は順調に飛行を続けたが、周囲がだんだんと明るくなるにつけ下方に広がる山脈の尾根が朝日に輝く様子がはっきりと見えるようになった。そして山脈と山脈の間には白いもやがかかっているのも見てとれた。

「奥田、オレゴンの上空をかなり飛んでいるが、目的地まであとどのくらいだ。」

藤田信雄は、圧倒的なオレゴンの山々の眺望に感動を覚えながらも、冷静を装い奥田省二に尋ねた。

「藤田さん、エミリー山脈まであと十キロメートル程です。現地に着いたら、あとは目標の森林を確認して焼夷弾を投下します。」

奥田省二は、藤田信雄にそう答え、続けて下方に広がる山々の景観について思わず感想を洩らした。

「それにしても、もう、二十分以上も飛行しているのに山また山ですね。この辺には町や村はまったくない。アメリカは、こんなに山々に囲まれた国だったのですね。」

「当たり前だ。人のいない飛行ルートをわざわざ選んだのだからな。町が針路上にあれば発見される可能性が高くなるからだ。忘れたのか。」

藤田信雄は操縦を続けながら奥田省二に言った。実際、この爆撃の目的は森林に焼夷弾を投下して大規模な山火事を起こし、付近の市や町に脅威を与えることにある。だから、目標となる森林は、一旦火災が発生すれば大規模な災害となるくらい広大で、かつ付近に大きな市や町があることが望ましいとされた。そして、そこに至るまでの飛行ルートは人の目につかない山脈の上空を飛行することで、内陸奥深くにある森林への爆撃を可能にしようという事が今回の計画だった。

「わかってますよ、藤田さん。おかげでここまで敵に発見されずに来られた訳ですから。おや、左十一時の方角の山の頂上が、今、何か光りましたよ。」

藤田信雄が、その方を見ると、山の頂上に小さな人工物があり、点滅しているようだった。

「あれは、何の灯りだ。いや、多分、飛行機のための目印だろう。」

「つまり、奴らの飛行機がこの辺りを飛んでいて、でくわす可能性もあるのですね。」

「そうだな。武装がなければ平気だが、通報されてはやっかいだ。見つからないに越したことはない。もし、飛行機が近づいて来たら、高度を上げよう。」

藤田信雄はそう言うと、速度を時速百八十キロメートルから百六十キロメートルに落とした。そろそろ目標に近づいたので爆撃準備体制に移りつつあった。


「藤田さん、見えました。あれが、目標です。」

奥田省二はエミリー山脈とおぼしき山々の周辺にある深い大森林を指さした。その森林は明らかに他の森林に較べて、広大で荘厳な雰囲気をたたえていた。藤田信雄は、その大森林を見て、今回の作戦の目標にふさわしい獲物であると歓喜した。

「よし、奥田。あの森林の上空を目指すぞ。」

藤田信雄は、再び速度を上げて、目標の大森林へ近づいて行った。

「これはすごい。今まで見たことがないような大森林だ。」

藤田信雄は、目標の大森林に達した時、そう思わず洩らした。これほど、広大な大森林をたった二発の焼夷弾で焼き尽くすことができるのかと不安にかられた。しかし、すぐに持ち前の負けず嫌いの性格により打ち消した。そして、今はこの二発の焼夷弾を信じ、この大森林の深部に確実に投下してやるぞと闘志をむき出しにしたのだった。

「奥田、あそこに最初の一発を投下するぞ。」

藤田信雄は、この大森林のひときわ黒く茂る部分に狙いを定め、その上空で左翼の爆弾投下装置を操作し、焼夷弾を投下した。

「一番、投下。」

焼夷弾は目標の森林に吸い込まれるように落ちていくと、次の瞬間、白く輝き、大きな火花が着弾点を中心にして百メートル四方へと飛び散った。そして黒煙を伴って周辺の樹木が一斉に炎に包まれたのである。焼夷弾の中の五百個以上の焼夷弾子が一時的に千五百度という高熱を発しながら周囲の木々を焼き尽くしているのである。

「藤田さん、成功です。森が燃えています。」

奥田省二は、たった今、火がついて勢いよく燃え始めた森林を上空から覗き込みながら藤田信雄に言った。

「そうか、成功か。よし、二発目はあそこに落とすぞ。」

藤田信雄は、爆撃成功を喜びながらも次の目標を目指して方向を変えた。そして、次の目標の上空に達すると再び狙いを定めた。

「二番、投下。」

藤田信雄は、右翼に残っていた二発目の焼夷弾を投下した。そして二発目の焼夷弾も着弾すると、またもや白い火花が四方へ大きく飛び散って、付近の樹木が一斉に燃え始めたのだった。

「やったぞ、まずは大成功だ。」

藤田信雄が、振り返ると、大森林の二箇所から黒煙が立ち昇り、炎が広がりながら樹木を包む様子が見えた。

「やりましたね。これでこの一帯はまる焼けだ。」

「ああ、しかも、焼夷弾を投下したので機体がうんと軽くなった。よし、長居は無用だ。帰還するぞ。敵がこの爆撃に気づいて追撃してくるかもしれない。奥田、後方をしっかり見ていてくれ。」

藤田信雄は一度目の爆撃が成功してほっとすると、長居は無用とばかりに小型水上偵察機の向きを百八十度変更し、ここまで来た針路を逆にたどって帰途についたのであった。この一度目の藤田信雄の爆撃は完璧で、エミリー山脈の大森林は一時は猛烈な火災となったのであるが、その火災は長続きせずに短時間で鎮火したのであった。それはこの付近の森林が前日までの雨によって木が湿っていたため軍令部が期待したような大規模な山火事とはならなかったのであった。しかし、藤田と奥田はそのような事は知らないため、今回の爆撃によって、このオレゴンの森林地帯が大火災になるものと思い込んだ。そして、むざむざと爆撃を許してしまったアメリカ軍の司令部が慌てふためく様子を想像し、自然と笑みがこぼれたのであった。

「藤田さん、無線で艦に報告しましょうか。」

「いや、敵に傍受されるかもしれない。無線の使用は控えよう。とにかく急いで帰投するぞ。」

藤田信雄は、そう言って速度を上げた。しかし、丁度その時、小型水上偵察機の飛んでいる様子を見かけた者がいた。エミリー山脈の森林監視所の職員で、見慣れない航空機と森林から立ち昇る白煙を目撃したのであるが、これがまさか日本軍による爆撃であるとは、当初、夢にも思わなかったのである。


伊二五潜水艦では、藤田と奥田が発進後、浮上したまま補助発電機にて蓄電池を充電しながら小型水上偵察機の帰還を待っていた。司令塔上では双眼鏡を構えた乗組員が周囲を警戒していた。そして、田上明次艦長と日下部一男航海長、片倉整備兵曹は甲板上で藤田と奥田の乗った小型水上偵察機の帰還を心待ちにしていた。誰もが無線機で作戦の成否を早く確認したいと思っていたが、アメリカ軍に傍受されるのを避けるために緊急時以外は無線通信も行わないこととしていたのだった。

「艦長、二人は成功したと思いますか。」

日下部一男航海長が心配になって田上明次艦長に尋ねた。そろそろ二人が帰還する時間だったが、まだ機影すら確認できなかったので不安になっていたのだ。

「航海長、私は、成功したと思うよ。藤田飛行長の操縦技術は抜群だ。もうすぐ戻ってくると思う。だが、………。」

田上明次艦長は、それだけ言うとしばらく沈黙した後、話を続けた。

「もし、この艦めがけてアメリカ軍の攻撃機が接近して来たとしたら、残念だが二人の乗った水偵が敵に発見されてしまった可能性がある。その場合は、すぐに潜航してこの海域を離脱する。」

「艦長、藤田さんの操縦する水偵は必ず無事に戻って来ます。だから、ぎりぎりまで待って下さい。お願いします。」

片倉整備兵曹は、田上明次艦長が二人を見捨てたと勘違いして詰め寄った。

「片倉、大丈夫だ。二人は無事戻って来る。」

日下部一男航海長が片倉整備兵曹にそう言った時、司令塔上で双眼鏡を構えていた乗組員が大声で叫んだ。

「本艦に接近する機影があります。」

「機種は何だ。」

「機種、不明。遠くてまだ確認できません。」

田上明次艦長は大きな声で尋ねたが、まだ機影が小さく、機種は不明ということだった。

「不明機接近。主機関始動。潜航用意。」

田上明次艦長は不明機が敵機である場合も考えて、念のため回避行動及び潜航用意の指示を出した。しかし、不明機が近づくにつれて、小型水上偵察機であることがはっきりすると、安堵の表情を浮かべて指示を変更した。

「不明機は、藤田と奥田が乗った水偵である。二人が帰還するぞ。水偵作業要員は前甲板へ集合せよ。機体と二人を収容する。」

それから田上明次艦長と日下部一男航海長は司令塔に上ると双眼鏡を構えた。遠目に見ても小型水上偵察機が被弾したような様子はなかった。

「艦長、爆撃は成功したようですね。」

日下部一男航海長は嬉しそうに田上明次艦長に言った。

「二人とも無事に戻ってきたようだ。よかった。」

田上明次艦長も嬉しそうに日下部一男航海長に答えた。それから、田上明次艦長が周りを見渡すと伊二五潜水艦の甲板上には、小型水上偵察機収容のための水偵作業要員以外にも多くの乗組員が二人の出迎えのために上がってきていた。みんな、小型水上偵察機が無事に戻って来た事が嬉しいのだった。

「艦長、藤田さんと奥田さん、戻って来てよかったですね。発進した時は、ふらつきながら飛んでいたので心配だったのですが取り越し苦労だったようですね。」

いつの間にか、司令塔に長澤主計兵曹が上って来ていた。

「おう、長澤主計兵曹か、丁度よかった。藤田と奥田の帰還祝いだ。何か精のつくものを今日は食べさせてやってくれ。」

「わかりました、艦長。それなら、うなぎの蒲焼缶にしましょう。」

長澤主計兵曹は、これしかないとばかりに田上明次艦長に答えた。

「おう、うなぎの蒲焼缶か。わかった、よろしく頼む。そうだ、二人にはサイダーもつけてやってくれ。のども乾いただろう。」

「はい、まかせて下さい。それと、藤田さんと奥田さんの分は大盛でよろしいですね。」

長澤主計兵曹は、それだけ言うと食事の準備のために烹炊室へ戻って行った。


それから小型水上偵察機は、伊二五潜水艦の後方から近づき、艦から約二十五メートル程右に離れて着水した。田上明次艦長と日下部一男航海長は、小型水上偵察機が無事着水したことを見届けると司令塔から降りて前甲板に急いだ。

「よし、収容を急げ、敵が来るかもしれないぞ。」

片倉整備兵曹の指示で小型水上偵察機は、クレーンを使って、海上から引き上げられ、滑走台車上へ移動してから、元のとおりに折り畳む作業に取り掛かったのだった。

「艦長、ただ今、戻りました。作戦は大成功です。二発の焼夷弾は十分な威力を発揮。目標の森林は炎に包まれました。」

藤田と奥田は小型水上偵察機から降りてくると、田上明次艦長の前まで小走りで駆け寄り、誇らしそうに報告した。

「よくやった、藤田飛行長。それに、奥田偵察員。そうか、大成功か。さすがだな。それにしてもよく無事に帰って来たな。敵には見つからなかったか。」

田上明次艦長は、嬉しそうに二人の肩に手を置くと尋ねた。

「はい、艦長。敵機には遭遇しませんでした。」

「そうか、敵も意表を突かれたことだろう。しかし、二度目は、こうはいかないかもしれない。気を緩めるなよ。」

「はい、あと二回、これも絶対に成功させてみせます。」

藤田信雄が田上明次艦長に作戦成功の報告をしていると、彼らの周りに多くの乗組員が集まってきた。伊二五潜水艦に搭載されている小型水上偵察機の初めての爆撃作戦が成功したという事を知って皆が喜んでいたのだった。伊二五潜水艦は、一機ではあるが爆撃機を有する、いわば航空母艦としての役割を果たしたとも言えたのだ。

「二人とも、よく、やったな。」

乗組員達もそう言って口々に二人を祝福した。しかし、水偵作業要員達は、黙々と小型水上偵察機の折り畳み及び格納庫に収容する作業を続け、約十分後、収容作業は完了した。

「よし、長居は無用だ。敵に見つかる前に潜航してこの海域から離脱するぞ。」

田上明次艦長は、浮かれている乗組員に大きな声で一喝した。すると、甲板にいた乗組員達は皆、我に返ると、慌てて各ハッチから艦内に戻っていったのである。

「急げ、我々も艦内に戻って潜航準備に入る。藤田、それに奥田、後で爆撃についての詳しい話を聴かせてくれ。」

「はい、艦長。」

そう言うと、田上明次艦長達も艦内に戻り、甲板上には誰もいなくなった。やがて、伊二五潜水艦は、静かに潜航を開始し、その姿を海上から完全に消したのであった。そして、それからしばらくしてアメリカ陸軍航空隊の迎撃戦闘機がこの海域に現れた。見慣れない航空機を見かけた森林監視所の職員の通報を受けた軍が、戦闘機にこの一帯を捜索するよう命じたのだが、長時間にわたって捜索したにも関わらず何の痕跡も見つけられなかったのであった。

五　爆撃の行方

九月九日午後六時、伊二五潜水艦は、オレゴン州の沿岸から約六十キロメートル離れた地点に到着すると、一旦、浮上して無線通信機を使用して潜水艦基地司令部に爆撃成功の一報を送った。しかし、森林への焼夷弾爆撃という前代未聞の作戦であったため、詳細な戦果が知りたいと、司令部から新たな命令が下されたのであった。それは、爆撃地点に近いオレゴン州のブルッキングスの沿岸付近に接近し、森林火災の現状を遠方より確認せよとの命令であった。

「艦長、司令部より新たな命令です。」

通信士は、受信した命令の内容を紙に書き写すと田上明次艦長に手渡した。

「航海長、新たな命令だ。爆撃によって引き起こされた森林火災のその後の様子を我が艦が確認することになった。」

田上明次艦長は、渡された紙を読むと、日下部一男航海長に早速、命令の内容を告げた。

「『火災のその後の様子を確認せよ』ですか、しかし、焼夷弾はかなり内陸の森林に投下したので沖合からは、煙すら見えないと思うのですが。」

日下部一男航海長は、田上明次艦長から命令の内容を聞くとそう言った。

「なんでも、大規模な森林火災であれば、遠くからでも見えるはずとのことだ。まあ、司令部も初めての作戦なので、我々の戦果をどう発表するのか、慎重になっているのだろう。なんといっても、アメリカ本土への初爆撃になるからな。」

「そうですか、司令部が我々の戦果を疑っているようであまり気乗りはしませんが、命令とあれば仕方ないですな。それでは、艦長。今朝、水偵を発進した地点まで戻ることになるのですね。」

「いや、そうではない。航海長、これを見てくれ。」

田上明次艦長はそう言うと、机に広げたアメリカ沿岸の地図を指した。

「我々は今朝、オレゴン州の沿岸から約三十八キロメートルの地点に浮上し、小型水上偵察機を発進させた。機はオレゴン州のブランコ岬で方向を南南東へ変更してエミリー山脈を目指した。そして、このブルッキングス市付近の森林を爆撃した訳だ。だから、今も森林が燃えていれば、ここの沖合から見るのが妥当だろう。」

「艦長、わかりました。それではブルッキングス市の沖合三キロメートルまで近づきましょう。いつ、出航しますか。」

田上明次艦長は、日下部一男航海長からそう尋ねられると、蓄電池の容量を確認してから答えた。

「航海長、蓄電池の充電がまだ不十分だ。できれば、充電が完全に済んでから出発したい。どのくらいで充電が済むのか確認してくれ。充電が済み次第出発するぞ。もちろん、爆撃したばかりのオレゴン州の沖合に近づくのは危険であることは間違いない。おそらく敵の哨戒機が頻繁に飛行していることだろう。従って、敵に察知されないよう皆にも、極力、音を出さないよう徹底しよう。」

それから日下部一男航海長は、機関室に連絡し、蓄電池の充電が済み次第出航する事を伝え、充電にどのくらい時間がかかるかを尋ねた。すると補助発電機を最大限に稼働すれば、あと五時間程で充電が終了するとのことだった。伊二五潜水艦はこうして五時間後にブルッキングス市の沖合目指して出航することになった。

藤田と奥田が爆撃を終えて戻ってから約十時間が経過したが、いまだに艦内は興奮が覚めていなかった。たとえ、焼夷弾二発であったとしても、初めてアメリカ本土を爆撃したという快挙は乗組員達にとって嬉しく、そして誇らしいことであったのだ。

夕食時になり、藤田と奥田が烹炊室へ行くと長澤主計兵曹は二人の姿を見て言った。

「やあ、藤田さん、奥田さん、食事ですか。今日は二人のお祝いでうなぎの蒲焼ですよ。二人の大戦果のおかげで、久しぶりのごちそうです。」

「そうか、今日はごちそうだな。よく、味わって食べるとするか。」

「そうですね、藤田さん。でも、爆撃はまだあと、二度実施する予定ですが、次回はどんなごちそうでしょうね。」

奥田省二は、次の爆撃が成功したら、今度はどんなごちそうが出てくるのか、期待に胸を膨らませて言った。

「奥田さん、それは、その時のお楽しみですよ。だから、次回も絶対に成功して戻って来て下さいね。」

「わかった、次回も必ず爆撃を成功させて無事に戻って来よう。なあ、奥田。」

藤田信雄が自信ありげに長澤主計兵曹に答えると、奥田省二も安心して言った。

「そうですね、そのためにも毎日、きちんと飯を食って英気を養いましょう。」

「ははは、二人とも頑張って下さいね。それに、艦長からで、今日は二人にサイダーを奮発するようにとのことです。」

「サイダーですか。士官にでもなったみたいですね。」

奥田省二が嬉しそうに言いながら、差し出されたサイダーを受け取ると、長澤主計兵曹は二人に向かって言った。

「まあ、それだけ二人の戦果は大きかった訳ですよ。」

それから二人は、夕食を丸い金属製お椀によそってもらうと、長澤主計兵曹に礼を言って烹炊室を後にした。

「奥田よ、戻ったら爆撃の成功を祝って、水筒の酒とこのサイダーを飲むか。まあ、酔うほどは水筒に酒は残っていないがな。」

藤田信雄は、自分たちの寝台に戻る途中、盃を傾ける仕草をしながら奥田省二に言った。

「そうですね。夕食のうなぎの蒲焼を食べながら残っている酒をちびちび飲みましょう。」

奥田省二が頷いた丁度その時、艦内の最寄りの伝声管から田上明次艦長の声が響いた。

「当艦は、約五時間後の十一時三十分に新たな任務のためにオレゴン州のブルッキングス市の沖合に向けて出航する。なお、出航後はすぐに潜航するので、十分前には総てのハッチを閉めるものとする。また、目標の海域は敵も警戒していると思われるので、皆も音をなるべく出さないよう心がけてくれ。」

田上明次艦長が同じ事を二度言うと、急に艦内が慌ただしくなった。つい、十時間前にアメリカ本土に爆撃を実施したというのに、その海域に、また、今から戻るということが危険を伴う事は誰の目にも明らかだった。

「今、艦長が言っていた新たな任務とは何でしょうか。」

奥田省二は、藤田信雄に問いかけたが、藤田信雄にも検討がつかなかった。

「わからないが、もし、水偵を発進するのであれば、事前に我々に連絡があるはずだ。とにかく、様子を見よう。」

「そうですね。それに、水偵は、片倉がこれから整備をするので、最低でも二、三日は飛べないと聞いています。我々には直接、関係ないでしょう。」

「そうだな、次の出撃時期は、片倉の整備待ちだな。特に機体に無理はさせていないから、おそらくは一週間以内には出撃できるはずだ。」

藤田信雄は、次の出撃を待ちわびているかのように奥田省二に語った。

「はい、藤田さん。次もやってやりましょう。」

二人は、それから寝台に戻ってから食事をとり、少しの酒とサイダーを飲むと急に眠くなって寝台の上で眠りに落ちた。こうして、二人にとって記念すべき、アメリカ本土初爆撃の一日は終わったのであった。

九月十日午後二時、伊二五潜水艦は、潜航したままオレゴン州のブルッキングス市の沖合数キロメートルまで近づいていた。

「艦長、この辺りから一度、陸地の方を見てみましょうか。」

日下部一男航海長は、ここで一旦潜望鏡深度まで浮上して陸地を確認することを進言した。

「そうだな、航海長。森林火災が広がっていれば、ここからでも立ち昇る煙は十分に見えるだろう。よし、潜望鏡深度まで浮上しよう。」

田上明次艦長の指示で伊二五潜水艦は潜望鏡深度まで浮上すると、田上明次艦長は早速、潜望鏡を上げて陸地の方を見た。

「煙などは見えないな。航海長、君も見てみてくれるか。」

田上明次艦長は、しばらくの間潜望鏡を覗いていたが、陸地の向こうに煙らしきものが見えないので日下部一男航海長に代わった。日下部一男航海長も潜望鏡を覗いてみたが、方向をどんなに変えても火災を示すような煙は見えなかった。

「そうですね、艦長。確かに何も見えませんね。鎮火したんでしょうか。焼夷弾を投下してから、丸一日以上は過ぎてますが。」

「うーん、オレゴン州の大森林は一旦火災になれば、何日も燃え続くような大火災に発展するという話だったが、こんなにも早く鎮火するとは、一体どうしたことだ。」

田上明次艦長は、目論見が外れた様子だった。

「とにかく、司令部には、そのとおり報告をしま……」

日下部一男航海長がそこまで言った時、突然、聴音員が敵機接近の報を告げた。

「上空から飛行機が接近。」

「いかん、急速潜航だ、急げ。」

田上明次艦長は、慌てることなく冷静に潜航命令を下した。そして伊二五潜水艦が潜航を開始してから約十秒後くらいに頭上で大きな爆発音が響き、艦が大きく揺れた。

「爆撃だ、潜航、急げ。」

田上明次艦長はそう叫びながら、他の発令所要員と同様にバランスを崩してその場に倒れ込んだ。

アメリカ陸軍航空隊所属の水上機が海面に映った伊二五潜水艦の影に気づいて、三発の爆弾を投下したからであった。幸い伊二五潜水艦は、潜望鏡部分を除いて海面下にあったため、直撃は免れたものの、司令塔のすぐ直上での爆発であったため艦は少なからず被害を被った。

「艦長、大丈夫ですか。」

日下部一男航海長は、そう言って手を差し出して田上明次艦長を起こそうとしたが、田上明次艦長はその手を制すると、上体のみ起こして指示を出した。

「深度、七十メートルまで急速潜航、それに時速七ノットで後進だ。あと、十メートルごとに深度を報告せよ。聴音員、飛行機が戻って来たらすぐに報告しろ。」

田上明次艦長が、すぐさま適切な指示を出したので、発令所内も落ち着きを取り戻したようだった。伊二五潜水艦は、既に深度四十メートルまで潜航し、その姿は上空の水上機からも完全に見えなくなった。

「艦長、電信室が浸水しているそうです。司令塔の無線用の電線を通す穴を伝わって海水が流れ込んでいるようです。」

艦内の電信室から被害の報告が発令所に届いた。

「よし、手が空いてる者は、電信室へ修理に行かせろ。」

田上明次艦長は、立ち上がると電信室の浸水を止めるよう指示を出した。

「現在、深度五十メートルです。」

現在深度の報告と同時に聴音員が二度目の敵機接近の報を告げた。先程の水上機が旋回して戻って来たのだった。

「艦長、飛行機が戻って来ました。」

「敵機接近、衝撃に備えろ。」

田上明次艦長は、すぐさま伝声管で艦内に敵機接近を伝えた。そのすぐ後に艦の前方で爆発音が響いた。今度は七回もの連続した爆発だったが、最初ほど艦の揺れはなかった。飛来した水上機は、艦影が見えないため、艦が前進しているものと考えて、伊二五潜水艦の前方に爆雷を投下したが、実際は艦が後進していたために爆発は前回よりも遠ざかったのだった。そして、その後、水上機による攻撃はなかった。

「ふう、危なかったですね。艦長、大丈夫ですか。」

日下部一男航海長は、冷や汗を拭いながら田上明次艦長に言った。

「まだだ。とにかく、この海域から早く離脱しよう。浸水状況がまだわからないので、深度七十メートルを維持したまま、転進して哨戒網の外へ向かうぞ。」

田上明次艦長は、そう言うとズボンから手ぬぐいを取り出して顔の汗を拭った。そして、一度大きく深呼吸をすると伝声管を使って艦内の乗組員に指示を出した。

「艦長から各員へ、本艦は先程の攻撃により損傷を受けた。これより潜航したまま敵の哨戒網の外へ出てから修理を行う。なお、負傷者がいる部署は報告してくれ。すぐに軍医長を向かわせる。」

田上明次艦長は、それから艦を一旦停止すると、方向を変更し、敵の哨戒網外へ時速六ノットで前進させた。

「よし、航海長。私は浸水した電信室の様子を見てくる。ここは任せる。」

「はい、艦長。お任せ下さい。」

田上明次艦長は、日下部一男航海長に発令所を任せると電信室へ速足で向かった。

田上明次艦長が、電信室に入ると足元には深さ二十五センチメートルほど海水が溜まっていて、三名の乗組員が懸命に浸水箇所を塞ごうとしているところだった。また、本田通信長は、排水ポンプを使って溜まった海水を艦外へと排出していた。

「あ、艦長。今、海水が流れ込んでいる箇所を塞いでいるところです。幸い、それ程大きな穴ではないので手持ちの機材でなんとかなりそうです。それと、溜まっていた海水は半分以上は艦外へ排出しました。」

本田通信長は、田上明次艦長に気づいて状況をかいつまんで説明してくれた。それによると、司令塔の短波通信用のアンテナの電線の引き込み口が爆撃で破壊され、そこを伝わって海水が流れ込んできているとのことだった。そして、浸水箇所を塞げば海水の流入は止まるが完全に直すには浮上して、艦の外に出て修理する必要があるとのことだった。

「そうか、なんとかなりそうだな。ところで通信はできそうか。」

田上明次艦長は、司令塔の電線の引き込み口が破壊されたことで、司令部との通信が可能なのか気になって本田通信長に尋ねた。

「艦長、すみません。今はわかりません。アンテナが壊れているか、若しくはアンテナから伸びている通信ケーブルが断線している可能性があります。とりあえず浮上してから通信ができるか試してみるしかありません。もし、通信ができない場合、修理には時間がかかるかもしれません。」

「そうか、わかった。とりあえず、ここの修理を続けてくれ。」

田上明次艦長はそう言うと溜息をついた。伊二五潜水艦の通信設備のうち司令塔上部のアンテナは非常に重要な構成部品でこれが破壊されてしまっては通信不能となる。また、アンテナが破壊されていなくても通信ケーブルが断線していれば同様に通信不能となる。現時点では電線の引き込み口が破壊されたことはわかっているが、潜航中は通信もできないし、アンテナ部分の被害もわからないので、今は浮上して被害状況を確認できる地点までできるだけ急いで辿り着くことが重要だった。それから田上明次艦長は、浸水箇所付近の内壁の様子をじっくりと観察し、これから先の任務継続が可能かどうかについて思案をめぐらせた。

田上明次艦長は発令所へ戻ると、深度を七十メートルから五十メートルへ、速度を時速六ノットから時速四ノットへ変更した。被害を受けた伊二五潜水艦の負担を多少なりとも軽くするためだった。

「航海長、安全な地点に達したら浮上して、とりあえず司令部へ報告してみよう。」

「艦長、通信設備は使えそうなのですか。」

日下部一男航海長は、電信室の状況を田上明次艦長に尋ねた。

「通信機用の電線の引き込み口が破壊されて電信室が浸水している。浸水についてはなんとかなるが、通信が可能かどうかは浮上して、通信してみないとわからないそうだ。」

「そうですか、艦長。通信できると良いのですが。」

日下部一男航海長は、それを聞いて困ったような顔で言った。

「とにかく、早く、浮上して損傷を確認したい。」

「わかりました。できるだけ急ぎましょう。」

「うん。だが、司令塔部分に亀裂があるかもしれないから、慎重に航行しよう。」

「はい、各部署に、異常が生じたら、すぐに発令所まで連絡するよう伝達しておきます。」

日下部一男航海長は、すぐに各部署に伝声管で現状を伝達すると、聴音員にも異常音に気づいたら報告するように指示した。その後、伊二五潜水艦は慎重に航行を続け、八時間後、ようやく安全な地点にたどり着いた。そして浮上すると、早速、艦外に出て被害状況の確認作業を始めたのだった。また、同時に司令部宛に通信が可能かを試したが、通信はできないことがわかった。やはり、短波通信用のアンテナにも給電部に損傷が確認され、修理が必要となったのであった。しかし、この海域で応急修理が可能であったため、作戦はこのまま続行することとなったのである。


九月十一日午前九時、日下部一男航海長は、被害箇所の応急修理が終わったことを発令所の田上明次艦長へ報告するためにやって来た。

「艦長、被害箇所については、全て修理は完了です。これで長時間潜航しても問題ないでしょう。短波通信用のアンテナも給電部の損傷を直したので司令部と通信できます。」

「そうか、今から、電信室に行こう。」

田上明次艦長は、日下部一男航海長から報告を受け、早速電信室に行き、爆撃後の森林火災のその後の様子と、アメリカ軍の航空機の急襲を受け、艦の司令塔部分に被害を被った事を司令部に報告したのであった。

「艦長、司令部は、爆撃の件について、何か言ってましたか。」

日下部一男航海長は、電信室から戻ってきた田上明次艦長に尋ねた。

「航海長、司令部の方でオレゴン州の森林火災の件を確認中なので、本艦は、この海域で二、三日待機するようにとのことだ。」

「そうですか、まあ、司令部の命令なら仕方ないですね。」

田上明次艦長は、少し考えてから思いついたように日下部一男航海長に言った。

「被害箇所については修理は終わったが、他にも不具合があるかもしれない。この際、司令塔を中心に重要な機器についても点検しておこう。各部署に本艦はこの海域に二、三日留まることと、それぞれが担当する機器の点検を行うよう伝えてくれ。」

「わかりました、艦長。機器類については手分けして点検を行うよう命令します。」

田上明次艦長は、日下部一男航海長に各部の点検について指示をした後、発令所でしばらくの間、艦のこれまでの航行記録を読み返すことに費やした。そして午後には甲板に上がって久しぶりに新鮮な空気を味わうことにした。

田上明次艦長が、甲板に上がると気持ちのいい風が艦上に吹いていた。現在、伊一五潜水艦は、浮上して低速でジグザグ航行をしながら蓄電池の充電を行っていた。司令部の指示でこの海域に二、三日待機することになったが、いくら、安全な海域とは言っても、海上に長時間停止していれば、敵潜水艦から雷撃される恐れがあるし、だからと言って潜航したままでは蓄電池の充電ができないため、この海域を時速五ノット程度の速度で航行しているのであった。海上を真っ直ぐに進むのではなく、方向を小刻みに変更しながら航行すれば、敵潜水艦から雷撃ポイントを確定されずに済むという事であった。

「艦長、甲板で何をしているのですか。」

突然、後ろの方から声がしたので振り向くと、奥田省二が前甲板の方に立っていた。

「おう、奥田飛行兵曹か、君こそ、ここで何をしているんだ。」

田上明次艦長がそう言いながら前甲板の方へ歩いて行くと、小型水上偵察機格納筒の陰に隠れていた藤田信雄の姿を見つけた。

「私と藤田さんは、水偵の整備の様子を見ているところです。」

「艦長、今、片倉整備兵曹が水偵の整備をしているところなので、何か手伝える事がないか見ていたところです。」

奥田と藤田は、それぞれ田上明次艦長に答えた。

「そうか、片倉整備兵曹は、水偵の整備中なのか。ご苦労さん。」

田上明次艦長が、藤田と奥田に近づくと、小型水上偵察機格納筒の扉を開けて整備をしている片倉整備兵曹の姿があった。片倉整備兵曹は近づいてくる田上明次艦長に気づいて、汗を拭いながら立ち上がった。

「やあ、水偵の整備は順調なのか。」

「艦長、実は、この前の出撃で帰還した際に、右フロートが着水の衝撃で無理な力が加わったように見えたので、気になって取り付け部分を確認していたところです。」

「そうか、次の出撃には影響ないのか。」

田上明次艦長は、少し心配そうに尋ねた。

「はい、確認したところ特に損傷している様子はないので、出撃には影響ないです。ところで、艦長。次の出撃の日時は決まったのですか。できれば、出撃までに万全の整備をしておきたいのです。」

片倉整備兵曹は、出撃の日時に合わせて小型水上偵察機の整備をしておきたいと思って田上明次艦長に尋ねた。

「そうか、悪いが、まだ次の出撃の日時は決まっていない。」

田上明次艦長が、申し訳なさそうに言うと、藤田信雄も気になって尋ねた。

「艦長、出撃はずっと先になりそうなんですか。」

「いや、まだ、わからないんだ。次の出撃の前にもう一度打合せをしようと思っている。おそらくは四日後になる。日時についてはまた連絡をする。」

「艦長、ひょっとして作戦が変更になったのですか。」

奥田省二もまた気になって田上明次艦長に尋ねた。

「そんなことはないから心配するな。それよりも次回の出撃に備えて水偵の整備をしっかりと頼むぞ。」

田上明次艦長はそれだけ言うと、くるっと向きを変えて後方甲板へ歩いて行った。残された三人は、艦長の態度から何か釈然としないものを感じとっていたが、それが何であるのかはわからなかった。


九月十四日、司令部から通信があった後、伊二五潜水艦は再び潜航するとオレゴン州の沿岸を目指して航行を開始した。そして、その翌日、次回の出撃に備えての打合せが午後二時より行われた。

「実は前回の爆撃の結果について、昨日、司令部より無線通信により連絡があった。」

会議の冒頭、田上明次艦長は、招集した日下部一男航海長、藤田信雄、奥田省二、片倉整備兵曹を前に話を切り出した。

「結論から言うと、九月九日の爆撃による森林火災はすぐに鎮火したらしい。」

田上明次艦長がそう言うと藤田と奥田は、信じられないとばかりに口を揃えて言った。

「艦長、あれだけの火災が、燃え広がることもなくすぐに鎮火したとは、一体どういうことなんでしょうか。」

「最初から説明しよう。君達が帰還して司令部宛に無線で爆撃が成功したと送信したところ、火災の状況確認という新たな命令が下った。そこで、爆撃地点に近いオレゴン州のブルッキングス市の沿岸付近まで近づいて潜望鏡で陸地の方を見てみたが、火災によって立ち昇っているような煙はまったく確認できなかったのだ。」

「それは、海岸から爆撃地点まで、距離が遠かったので、煙が見えなかっただけではないのですか。確かにあの時、森林から黒煙が立ち昇り、炎が広域にわたって樹木を包む様子が見えました。二箇所とも凄まじい炎でした。」

奥田省二は、自分が見た光景を思い浮かべながら田上明次艦長の話をさえぎった。

「奥田飛行兵曹、話は最後まで聞いてくれ。それから、私は司令部宛に、立ち昇る煙は見えなかったが、爆撃地点が遠かったから見えないだけかもしれないと報告した。すると、昨日になって司令部より新しい通信が届いたのだ。」

田上明次艦長はそこまで言うと、手帳を取り出して、それを見ながら言った。

「諜報部からの情報では、九月八日にオレゴン州エミリー山脈付近で雨が降り、その翌日に森林で落雷が原因と思われる小火災があったと報道されたそうだ。また、付近の森林警備隊の隊員が、火災の発生した前後に不審な航空機を目撃し、軍に通報した結果、哨戒機が発進したが、不審な航空機は発見できなかったということがあったらしい。これらの事実から考えると、爆撃の前日に雨が降っていたため、焼夷弾による火災はすぐに鎮火し、小火災の原因も落雷によるものと思われているということだ。それに、不審な航空機が目撃されたものの、まさかその航空機による爆撃が森林火災の原因だとは思ってはいないのだろう。以上が司令部からの通信内容だ。」

田上明次艦長は、そこまで言って藤田と奥田の反応を見ると、二人とも少なからずショックを受けているようだった。

「だが、爆撃が大成功だったことは間違いない。前日の雨のせいで思ったような結果にならなかったのは残念だが、これは、焼夷弾の威力を過大評価した我々にも責任がある。だから二人とも気を落とすな。」

「はい、艦長。」

藤田信雄は、そうは言ったものの、危険を冒して爆撃を敢行したものの、小火災にしかならなかったことにがっかりしていた。

「今回、爆撃に用いた七十六キロの焼夷弾では、雨天直後などには十分な威力を発揮できないとわかった以上、これからの爆撃では工夫が必要だ。」

田上明次艦長がそう言うと、片倉整備兵曹は大きな声で言った。

「艦長、それは、前日や前々日に雨が降った場合には爆撃を行わないようにするということですか。」

「それもある。少なくとも、雨が降ってから数日以内に焼夷弾を投下しても、前回同様、小火災にしかならないだろう。」

田上明次艦長は、そう言ってから続けた。

「これは、私の考えだが、二発の焼夷弾を同じ地点に投下してはどうかと思う。そうすれば焼夷弾の威力は倍となり、より火災が大きく広がるのではないか。」

「艦長、確かにそうですが、そもそも焼夷弾を同時に投下しても、着弾地点は数百メートルは、ずれるでしょう。爆弾投下装置を同時に操作しても、二発の焼夷弾の投下には僅かな誤差が生じるものです。」

奥田省二は、田上明次艦長の案が実施困難と考えてそう言ったが、それを制して藤田信雄が言った。

「いや、できないことはありません。まず、一発目の焼夷弾を投下し、燃え上がる炎に対して二発目の焼夷弾を投下することは可能です。」

「そうか、それならば同じ地点に投下することと同じになる訳か。」

田上明次艦長は、藤田信雄が可能だと言ったことでやや安心して笑みがこぼれた。

「はい、艦長。一発目の焼夷弾を投下した後、機を旋回してから炎に近づいて、その炎の中心に二発目の焼夷弾を投下することならできます。それでよろしいですか。」

「ああ、それで構わん。次回はこれでいこう。」

田上明次艦長は満足そうに頷いた。

「艦長、それで、次回の爆撃はいつ頃に実施しますか。」

片倉整備兵曹は、田上明次艦長に尋ねた。

「今すぐは無理だ。九月十日にこの艦が敵に見つかった事で、敵の警戒がきびしくなっているので、あと一週間くらいは沿岸には近づけないだろう。」

「すると、二十一日頃という事ですね。」

「ああ、そうだな。その頃であれば、警戒網にも多少は隙ができるだろう。二十一日に二度目の爆撃を実施するという事でどうだ。」

田上明次艦長は、おおよその出撃予定日を三人にそう告げた。

「私は、それでかまいません。」

奥田省二は、そう返事をした。

「私も二十一日でかまいません。艦長、それとひとつ提案があるのですが。」

藤田信雄は、意を決したような表情で田上明次艦長に言った。

「なんだ、藤田飛行長。」

「前回の爆撃では、発生した火災は落雷が原因とアメリカでは報道されているとのことですが、これでは我々日本帝国海軍の脅威をアメリカ国民に知らしめることはできません。できれば、爆撃目標の森林をもっと街に近い地点へ変更すべきであると考えます。街に近い森林へ焼夷弾を投下すれば、これによって生じた火災が我々の爆撃によるものとアメリカの国民も理解しやすいのではないでしょうか。」

田上明次艦長は、藤田信雄の提案を聞いてしばらく考えてから答えた。

「藤田飛行長、それはいかん。街に近い地点へ焼夷弾を投下すれば、民間人が直接、被害を被る可能性がある。我ら帝国軍人は、たとえアメリカ人であっても民間人を攻撃してはならない。それを忘れるな。」

「しかし、艦長。四月十八日にアメリカが行った無差別爆撃では、我が国の民間人に少なからず被害が出ています。それに街に近い森林へ焼夷弾を投下しても民間人が被害を被るとは限りません。」

「それでも、街に近い地点へ焼夷弾を投下することは許可できない。確かにお前が言うように街の近くの森林に焼夷弾を投下した方がより敵の目につき、我々の仕業であることがはっきりする可能性は高いだろうし、日本に対する脅威が増すことは結構だが、そのためにこの国の民間人に犠牲が生じるかもしれないような攻撃は許可できない。」

田上明次艦長は、いつになく強い口調で藤田信雄を叱責した。

「すみません、田上艦長。確かにそのとおりです。我々の苦心の爆撃が落雷などで片付けられてしまい、冷静さを欠いてしまいました。どうか、今、私が言ったことは忘れて下さい。」

藤田信雄は、田上明次艦長から叱責されると、すぐに自分の発言を恥じて、しおらしくなってしまった。

「うん、わかってもらえばいいんだ。藤田飛行長は、責任感が人一倍強い。今回の作戦において、十分な成果を挙げたいという強い意思から出た発言であったのだろう。もう気にするな。」

田上明次艦長はそう言いながら藤田信雄の両肩に手を置き、慰めるように言った。

「わかりました。それでは、次回の爆撃を成功させる事で埋め合わせします。どうか、見てて下さい。」

「そうか、藤田飛行長。頼むぞ。」

藤田信雄が次回の爆撃を必ず成功させると宣言すると、田上明次艦長は安心したように大きく頷いた。それから、今回は爆撃地点を前回よりも約三十キロメートル北の森林とすること、そして三度目の爆撃を十月四日頃までに実施するという事を決めて打合せは終了した。しかし、その頃、オレゴン州エミリー山脈近くの火災が発生した森林では、不審な航空機が目撃されたことからＦＢＩが火災の原因を解明するために徹底した捜索を行い、日本軍のものと思われる焼夷弾の欠片が見つかったのであった。そして、火災の原因が爆撃によるものであることが判明し、日本機によるオレゴン空襲として新聞の紙面に大きく掲載されたのだった。

六　投棄された焼夷弾

九月二十一日午後三時、伊二五潜水艦は、オレゴン州の沿岸から約三十二キロメートルの地点にいた。本日、二度目のオレゴン爆撃を実施する予定だったが、海上が荒れていて、作戦決行の判断が難しい状況であった。

「艦長、水偵は発進できそうですか。」

藤田信雄は、出撃がこのまま延期になるのではないかと危惧して、発令所に来ていたが、三十分以上も潜望鏡をひたすら覗いている田上明次艦長にとうとう意を決して後ろから声をかけた。すると田上明次艦長は、潜望鏡をたたむと振り返って発令所の要員総てに聞こえるように言った。

「本日の二回目のオレゴン爆撃は明日以降に延期する。いかんせん波が高すぎる。なお、本艦は、この地点で深度五十メートルまで潜航して待機するものとする。」

田上明次艦長は、それから落胆している藤田信雄を慰めるように言った。

「藤田飛行長、そういう訳だ。本日の出撃はない。戻って食事でも取ることだ。」

「わかりました、艦長。今日は出撃は無理なようですね。戻ってから待機している奥田にもその旨を伝えます。」

藤田信雄は、そう言うと発令所から出て行った。

「艦長、この辺りの海域は肝心な時に海が荒れますな。前回の出撃でも海が荒れていて、一日程、出撃を延期しましたが、今回も延期ということですか。藤田と奥田にはつくづく同情しますよ。」

日下部一男航海長は、藤田信雄が発令所から出て行った後、田上明次艦長に言った。

「そうだな、航海長。私も残念だ。しかし、仕方がないことだ。彼らには申し訳ないが、我慢してもらおう。」

「そうですね。海が荒れていたら、水偵は使えませんからね。」

日下部一男航海長は、それだけ言うと、発令所の要員に潜航の指示を出した。それから伊二五潜水艦は、深度五十メートルまで潜航して丸一日、海上が穏やかになるのを待ったが、前日同様海が荒れているため、九月二十二日も出撃は取りやめとなった。ここで、蓄電池の容量が半分以下にまで減少し、それに艦内も酸素不足で息苦しくなってきたため、一旦、敵の哨戒網外へ出て浮上航行に切り替えることになったのであった。こうして、伊二五潜水艦は、オレゴン州の沖合から遠く離れた地点へ戻って行ったのである。


伊二五潜水艦は、その後一日おきにオレゴン州の沖合に近づき、海上の様子を窺ったが、海上は荒れたままで、出撃ができない状態が続いた。そうして、一週間が過ぎ去り、九月二十九日となった。田上明次艦長は、朝食をとって午前九時前に発令所に来た。

「航海長、現在位置と現在の深度を教えてくれ。」

「艦長、オレゴン州の沿岸から約四十二キロメートルです。深度は、昨夜から五十メートルを保ったままです。」

日下部一男航海長は、田上明次艦長にそう答えると続けて言った。

「ちなみに、速度は時速六ノットです。艦長はよく眠れましたか。」

「ああ、すまないな。交代だ、眠ってくれ。」

田上明次艦長は、そう言うと日下部一男航海長から指揮を引き継いだ。

「艦長、藤田と奥田、今日こそ出撃できるといいですね。」

日下部一男航海長は、そう言い残すと発令所から出て行った。それから田上明次艦長が、昨晩の航海記録にしばらくの間目をとおしていると、代わったばかりの聴音員が田上明次艦長に告げた。

「艦長、波の音が昨日よりも静かです。海上が穏やかになる兆しかもしれません。」

「そうか、少しは静かになったか。」

田上明次艦長は、立ち上がると、操舵員に指示した。

「このまま、オレゴン州の沿岸に向かって進む。速度を時速七ノットに上げよう。」

それから、伊二五潜水艦は、順調に海中を進み、午後三時にはオレゴン州の沿岸まであと四、五時間という距離まで近づいたのであった。そして、潜望鏡深度まで浮上すると、田上明次艦長は潜望鏡で海上の様子を窺った。すると、昨日までとは打って変わったように海上は穏やかになっていたのだった。

「艦長、海上の様子はどうですか。」

発令所の要員の一人が田上明次艦長に尋ねた。

「穏やかになってる。これなら大丈夫だ。誰か藤田飛行長を発令所に呼んでくれ。」

田上明次艦長は、そう言ってから、机の上に爆撃作戦用の海図を広げた。

「艦長、出撃ですか。」

藤田信雄はすぐに発令所にやって来て田上明次艦長に尋ねた。

「そうだ、藤田飛行長。海上が昨日までと較べると打って変わって穏やかになってる。ただし出撃は夜だ。これを見てくれ。」

田上明次艦長は、机の上に広げた爆撃作戦用の海図を指さして言った。

「現在、本艦はここにいる。そして、このまま進んで午後九時頃に、このブランコ岬から西に約十キロメートル地点に到達する。ここで浮上して水偵を発進させる。夜間発進になるが、大丈夫か。」

「はい、問題ありません。」

藤田信雄は、嬉しそうに返事をした。ようやく二度目の爆撃を実施できるようになり気分が高揚していた。

「今回は、本艦もできるだけオレゴン州の沿岸に近づくつもりだ。そうすれば、爆撃地点まで短時間で到着できるし、敵機が来る前に二人を収容して離脱することもできるだろう。敵も警戒しているだろうが、必ず爆撃を成功させてくれ。」

田上明次艦長は、藤田信雄をまっすぐに見てそう言った。

「わかりました、艦長。必ず成功させてみせます。」

藤田信雄は、そう言って発令所から慌てて出て行った。

藤田信雄が、自分達の寝台にたどり着く前に、本日午後九時頃に夜間爆撃を実施するとの指示が艦内に流れた。それから藤田信雄は、自分達の寝台にいた奥田省二と片倉整備兵曹を見つけて近寄った。

「二人とも、あと五時間と三十分程で出撃だ。出撃準備をするぞ。」

「藤田さん、奥田さん、ようやく二度目の出撃ですね。水偵の整備は万全です。頑張って下さい。」

片倉整備兵曹は、嬉しそうに言った。なかなか出撃できなくて途方に暮れている二人をずっと見てきたので喜びも一入だった。

「よかったですね、藤田さん。八月十五日に横須賀を出航して以来、既に四十日以上も経っているんですよ。それなのにやっと二度目の出撃ですからね。」

奥田省二はぶつぶつ言いながらも嬉しそうに立ち上がって言った。

「奥田、艦長には必ず爆撃を成功させると大見えを切ってきたんだ。前回のような小火災にならないよう慎重にやるぞ。」

「はい、藤田さん。まかせて下さい。」

「よし。それから、今回は前回よりも飛行距離が短くなった。この艦が陸地にぎりぎりまで近づくそうだ。だから、片倉、燃料を少し減らして、機体を軽くしてもらいたい。それに旋回機銃も外してくれ。あと、無線機も持ってはいかないつもりだ。」

藤田信雄は、二発の焼夷弾を積んだ機体が思ったよりも重くて運動性が犠牲になっていたことを憂慮していたのだった。

「わかりました、藤田さん。爆撃ルートを確認して必要な燃料を計算し直しますので、余分な燃料を減らしましょう。しかし、旋回機銃を外してしまうと敵から追われても反撃できませんよ。」

片倉整備兵曹は、しばらく考えてから藤田信雄にそう答えた。

「構わん、機体を軽くして運動性能が向上した方が逃げ切れる可能性が高い。実際、敵機に周りを囲まれたら旋回機銃ぐらいではどうしようもないからな。」

「わかりました、藤田さん。旋回機銃は外しましょう。でも、無線機は持って行って下さい。連絡が必要な場面があるかもしれません。」

片倉整備兵曹は、いくら機体を軽くしたいからといって携帯型の無線機まで持っていかないという藤田信雄の考えには賛成できずに言った。

「持っていってもどうせ使わないさ。それに、もし交信して、敵に傍受されるとこの艦が危険になる。だから、頼むよ。」

片倉整備兵曹は、藤田信雄にそう言われて溜息をつくと言った。

「わかりましたよ、藤田さん。まあ、機体を軽くしたいという気持ちはわかります。でも、一応、艦長には報告をしておきます。」

「頼んだぞ、片倉。少しでも機体を軽くして飛びたいからな。」

藤田信雄は片倉整備兵曹にそう言った後、前回の爆撃が小火災にしかならなかったという事を田上明次艦長から聞いて、がっかりした時の自分を急に思い出した。あの時は、爆撃が雨が降ったすぐ後だったからすぐに鎮火したのだと自分に言い聞かせたが、本当にそれだけだったのか、ひょっとすると、もともとこの作戦には無理があったのではないかとの考えだった。藤田信雄はほんの僅かな時間、そのような考えにとらわれたが、すぐに迷いを振り切るように愛用の飛行服を取り出して着替えを始めた。


午後九時十分、伊二五潜水艦は、オレゴン州の沖合に浮上した。約三十分前にこの海域に到着していたが、潜望鏡で周囲を確認すると、船舶が近くを航行していたので、その船舶が見えなくなるまでやり過ごしていたのだった。藤田信雄が浮上した艦の甲板に上がると、まず目についたのは、頭上に煌々と輝く月だった。そして、その月明りの元で、水偵作業要員達が、既に小型水上偵察機の組み立てのために作業にかかっている様がはっきりと見てとれた。

「藤田さん、こんな月夜は久しぶりですね。」

藤田信雄と一緒に甲板に上がった奥田省二は、頭上の月を見てそう言った。

「ああ、爆撃には絶好の月明りだ。」

藤田信雄は奥田省二にそう答えてから、小型水上偵察機の側で組み立てを見ていた田上明次艦長を見つけて、その前に走り寄って言った。

「田上艦長、二度目の爆撃のために、藤田飛行長、奥田偵察員の二名、今からオレゴンの大森林に向けて出撃します。」

「よし、二人とも爆撃を成功させ、そして必ず生きて帰って来い。」

田上明次艦長は、飛行服に身を包んだ二人をしばし眺めてからそう言った。

「今度こそ、オレゴンの大森林を総てのアメリカ人が驚くような大火災にしてみせます。」

藤田信雄は、それだけ付け足すと小型水上偵察機に駆け寄り、器用に機体に手足をかけて操縦席へと上った。そして奥田省二も搭載された焼夷弾にチラッと目をやった後、藤田に続いて後席に上った。

「藤田さん。計器類や舵は大丈夫ですか。」

片倉整備兵曹が藤田信雄に尋ねると、藤田信雄は手を上げて片倉整備兵曹に大丈夫だという合図を送った。小型水上偵察機の『天風一二型』エンジンは既に暖気運転をしていて、発進を待つばかりになっていた。

「艦長、射出機準備よし。」

準備が完了したことを確認した片倉整備兵曹は、田上明次艦長へ準備完了の合図を送ると、田上明次艦長は、頷いて大きな声で言った。

「よし、発進せよ。」

田上明次艦長の合図とともに小型水上偵察機は伊一五潜水艦より射出されて、夜空へと吸い込まれていったのである。

「よし、夜間発進は大成功だ。水偵作業要員はそのまま待機だ。戻って来た水偵のエンジンの音が聞こえたら甲板に目印の灯りを点けるぞ。」

日下部一男航海長は、そう言うと手持ちのランプを水偵作業要員に配った。

「艦長、藤田達が戻って来るまで発令所で待っていませんか。ここでは座ることもできませんから。」

日下部一男航海長は、田上明次艦長が前回も藤田達が戻って来るまで甲板で立って待っていたので、今回は艦内で待つよう声をかけた。

「いや、ここでいいよ。二人の帰還をここで待ちたいんだ。それに、今度は一時間もしない内に戻って来るだろう。」

「そうですか。わかりました。二人とも無事に帰って来るといいですね。」

「そうだな、航海長。まだ、二人とも若い。こんなところで死んで欲しくはないよ。」

田上明次艦長と日下部一男航海長は、伊一五潜水艦の甲板に立ち尽くすと、小型水上偵察機の飛び去った方向を見つめ続けた。

藤田信雄は、発進後、前回と同様に小型水上偵察機が高度八百メートル程まで上昇すると一旦水平飛行に移った。重さ七十六キロの焼夷弾を二発も積み、更には夜間発進という悪条件であったが、それでも前回よりもスムーズに発進できた事は藤田信雄の操縦技術が卓越していたこともあるが、機体を前回よりも軽くした結果ともいえる。水平飛行に移った小型水上偵察機は、前回と同じようにブランコ岬を目標に飛行を続けた。

「藤田さん、左下方にブランコ岬の灯台の灯りが見えます。」

奥田省二は、発進から五分程経って灯台の灯りを見つけ、藤田信雄に言った。

「ああ、俺にも見える。岬から針路変更して上昇するぞ。」

藤田信雄は操縦を続け、ブランコ岬の上空にさしかかると小型水上偵察機の針路を南南東へ変更し、高度二千メートルまで上昇しながら爆撃予定地点へ向かった。

「奥田、今回の爆撃予定地点まで確か二十五分くらいの距離だったな。」

「はい、藤田さん。それでは、この辺から、少し北よりに針路を変えて飛びましょう。」

奥田省二は、月明りの下、オレゴン州の地図を確認して藤田信雄に言った。

「わかった。目的地まで案内を頼むぞ。」

「わかった。目的地まで案内を頼むぞ。」
月が出ているので周囲は比較的明るかったが、下方は真っ暗な景色が見えるだけで、これが森林であることは、目が慣れないとわからなかった。

月が出ているので周囲は比較的明るかったが、下方は真っ暗な景色が見えるだけで、これが森林であることは、目が慣れないとわからなかった。また、爆撃目標の森林は、下方の森林よりも、かなり広大な森林で、もし、この森林に大火災を発生させることができれば、アメリカはその鎮火のために過大な労力が必要になる上に、自国の防衛を強化することで、最前線の戦力が逆に低下することになると東京の軍令部は期待していた。

「奥田、なんだ、この灯りは。街の灯りのようだが。」

小型水上偵察機が順調に飛行していると、前方に灯りがちらついているのが見え始めたので、藤田信雄は後席の奥田省二に尋ねた。

「藤田さん、あれは、街の灯りではないですか。」

奥田省二は驚いてそう返事した。予定では針路に街などは無いはずだったからだ。

「針路からそれたのか。すぐに確認してくれ。」

藤田信雄に確認するよう言われて、奥田省二はすぐに地図を確認したが、辺りが暗くて地形が確認できなかった。

「だめです、暗くてよくわかりません。藤田さん、すみませんが少し高度を下げて下さい。」

奥田省二はそう言ったが、小型水上偵察機はもう既に街の上空にさしかかっていた。ここで高度を下げると、この街の人々の注意を惹き、最悪、軍に通報されるかもしれない。藤田信雄は高度を下げるかどうか迷ったが、作戦を継続するためには現在位置を確認し、針路を修正する必要があった。藤田信雄は、仕方がないと思い、小型水上偵察機の高度を下げていった。すると、高度を約四百メートルまで下げた時、ふいに下方で銃声が響き渡り、藤田と奥田を驚かせた。そして、銃声は一度ならず、二度、三度と辺りに響いた。

「藤田さん、この機を狙って撃っているのでしょうか。あの音は小銃ですね。」

奥田省二は、身を乗り出して下方を見ながら言った。

「そうだ、小銃だろうな。この機に向けて発砲したのかはわからないが、敵の防空網に捕捉されたのかもしれない。夜間で機種は判別できないはずだが。」

藤田信雄は不審そうに奥田省二に答えた。

「聞きなれないエンジンの音だから撃ってきたのでしょうか。高射砲などは配置していないと思いますが、迎撃機がやって来る可能性はあります。」

「もし、気づかれたのなら、迎撃機がすぐにやって来る。それにどうせ針路からそれているのだから爆撃予定地点へはもうたどり着けない。残念だが爆撃は中止だ。かねてからの打合せ通り、焼夷弾を投棄して全速力で艦に戻るぞ。」

藤田信雄は、残念そうに言った。早くこの焼夷弾を投棄して身軽にならないと満足に逃げる事もできない。右腕が左翼の爆弾投下装置を操作しようとした時、藤田信雄はここで焼夷弾を投棄すると下の街に被害が出ることに気づいたのだった。藤田信雄は、一瞬迷った。敵に発見された場合は、すぐに焼夷弾を投棄して、全速力で艦へ戻るという事が作戦の優先事項だ。この爆撃計画には、この小型水上偵察機が必要であり、なんとしても無事に伊二五潜水艦に帰投して三度目の爆撃に使用しないといけない。しかし、敵国人とはいえ民間人の頭上に焼夷弾を投下することは艦長も言っていたように帝国軍人としては絶対にやってはいけない。藤田信雄は、敵に見つかった場合の打合せ通り焼夷弾を投棄するか、それとも帝国軍人としての矜持を守るのか、迷ったのだった。

「藤田さん、どうしました。早く、焼夷弾を投棄して逃げましょう。」

奥田省二にそう言われて藤田信雄はすぐに我にかえって言った。そう、迷う事はなかった。ここで焼夷弾を投棄してしまったら、帝国軍人としての誇りは地に落ちてしまう。

「奥田、ここは街の上空だ。焼夷弾を投棄する訳にはいかん。このまま旋回して元来た方向に針路を変えるぞ。」

「でも、それでは命令に反する事に……。いえ、わかりました、藤田さん。」

奥田省二は、何かを言いかけたが、やめて藤田に従った。藤田信雄は、すぐさま小型水上偵察機を大きく旋回させて針路を変更した。重さ七十六キロの焼夷弾二発を搭載したままなのでゆっくりとした旋回になってしまった。

「藤田さん、大丈夫ですか。失速しないでくださいね。」

奥田省二は、祈るように藤田信雄に言った。小型水上偵察機は、速度もかなり落ちて、時速百十キロメートル程という低速で飛んでいた。

「奥田、すまんな、焼夷弾を抱えての旋回でかなり速度が落ちた。これから速度を上げるつもりだが、生憎と逆風だ。」

　藤田信雄は奥田省二にすまなそうに言った。焼夷弾を投棄していれば、時速百六十キロメートル以上の速度で飛べたからだった。

「藤田さん、そんなことは言わないで下さい。街を出て焼夷弾を投棄すれば速度も上がります。そうすれば、きっと帰還できます。」

「そうだな。よし、自分の運を信じる事にしよう。奥田、周囲を警戒していてくれ。上空から迎撃機が襲ってくるかもしれん。」

　それから藤田信雄がエンジンを一定時間全開にすると、ようやく小型水上偵察機の速度は時速百四十キロメートル程に回復した。そして、ようやく街から遠く離れ、焼夷弾を投棄できそうな地点にまで到達した。先程のような銃撃もあれ以来ないが、既に迎撃機は発進しているかもしれない。そう考えると早く焼夷弾を投棄して身軽になった方が良いと藤田信雄は考えた。幸い下方には深い森林が広がっている。ここならば、民間人に直接被害を与えずに、しかも、当初の目的どおり大規模な火災になるかもしれない。

「奥田、下方の森林に焼夷弾を二発とも投下するぞ。うまくいけば、大きな火災になるかもしれない。」

　藤田信雄は、そう言いながら爆弾投下装置に手をかけた。伊二五潜水艦に向かって急いでいる途中なので狙って投下する余裕はなかった。

「藤田さん、周囲は問題ありません。早く投下して下さい。」

奥田省二も周囲を確認しながら藤田信雄に言った。

「よし、投下だ。」

藤田信雄はそう言って二発の焼夷弾をほぼ同時に投下すると、身軽になった小型水上偵察機の速度を上げた。

「どうだ、奥田。爆撃、いや焼夷弾の投棄は成功したか。」

藤田信雄は操縦に集中していたので後席の奥田省二に尋ねた。その瞬間、後方で何かが炸裂する音とともに白く輝く明かりが空全体を明るく覆った。

「藤田さん、爆撃は成功です。前回のように大きな火花が四方へと飛び散り、森林に燃え広がりました。成功です。森は燃えています。」

奥田省二は、操縦桿を離せない藤田信雄に森林が燃えている様子を興奮したように語った。

「そうか、森は燃えているのか。今回はこれで良しとしよう。よし、全速力で伊二五に帰還するぞ。」

藤田信雄は、そう言うと小型水上偵察機を時速二百十キロメートルの速度で伊二五潜水艦目指して飛行を続けた。焼夷弾を投棄した森林は火災になったが、藤田信雄に喜びはなかった。この火災が大きく燃え広がる可能性は少ないだろう。ならば、必ず無事に帰還して三度目の爆撃こそは納得のいく成果を出そうと思うことにしたのだった。

「絶対にもう一度来るからな。」

藤田信雄は、下方に広がるオレゴン州の森林地帯を見て、そうつぶやいた。


伊二五潜水艦の甲板では水偵作業要員達が小型水上偵察機のエンジンの音が聞こえたら甲板に目印の灯りを点けるために待機していたが、予定よりも随分早くエンジンの音が聞こえてきたので、少なからず動揺する声が聞こえた。

「どうした、早いな。何かあったのか。」

田上明次艦長は、日下部一男航海長に皆に早く灯りを点けさせるよう指示したが、思ったよりも小型水上偵察機の速度が早く、艦の頭上を通り過ぎてしまった。

「いかん、行き過ぎたぞ、この艦に気づいてないようだ。」

日下部一男航海長は慌てて、片倉整備兵曹に艦の照明設備で頭上を明るく照らすよう指示をした。しかし、小型水上偵察機は、すぐに行き過ぎた事に気づいたのか、旋回して伊二五潜水艦の方へ戻って来た。

「おい、手持ちのランプを持っている者は、ゆっくりと左右に大きく振れ。藤田達にこちらの位置を報せるんだ。」

日下部一男航海長がそう言うと、小型水上偵察機に見えるよう、水偵作業要員達は、各自、手持ちのランプを大きく振り続けた。すると、藤田達も伊二五潜水艦に気づいて小型水上偵察機を降下させ、艦の頭上で一度旋回した後、着水態勢に入った。

「よし、水偵が着水態勢に入ったぞ。誰かクレーンの準備をしろ。」

日下部一男航海長は、小型水上偵察機が着水態勢に入ったのを確認してそう指示した。

「発令所へ、水偵が戻って来た。収容するので機関を停止してくれ。」

田上明次艦長は、そう発令所へ指示すると、月明りの下、近づいて来る小型水上偵察機を見つめ続けた。甲板では、小型水上偵察機の収容の準備で片倉整備兵曹や水偵作業要員達が忙しそうに作業を始めていた。夜間の着水になるので、上空からこの艦の向きがわかるように一定間隔で甲板に立ち、手持ちのランプを持って小型水上偵察機の誘導を何人かで行っていた。それから小型水上偵察機は、そのランプの明かりを頼りに伊二五潜水艦に横付けするように着水したのであった。

「よーし、ロープでたぐり寄せるぞ。」

片倉整備兵曹がそう言うと数人が小型水上偵察機から身を乗り出している藤田と奥田に向けてロープの端を持って投げた。それから機体に括り付けたロープを引っ張って小型水上偵察機を手際よく手繰り寄せたのだった。

「藤田さーん、奥田さーん、すぐに水偵ごと吊り上げますね。」

片倉整備兵曹は、ワイヤーのフックを機体に括りつけている二人に声をかけた。その様子を田上明次艦長は見ていたが、ふと周囲が明るくなった事に気づいて陸地の方に目をやった。すると陸地の奥の方が赤く光っているのが見えた。それは、藤田達が投下した焼夷弾によって森林が炎上しているのが、夜間であったため、遠く離れた海上まではっきりと見えているのだった。

「艦長、どうかしましたか。」

いつの間にか日下部一男航海長が、田上明次艦長の目の前までやって来て顔を覗き込んで声をかけた。

「ああ、すまん。陸地の方で何かが赤く光っているのが見えた。」

「艦長、藤田と奥田が水偵から降りてこちらへと来ますよ。」

田上明次艦長は、藤田と奥田の方を向き直してから出迎えた。

「藤田飛行長、奥田偵察員、よくやった、無事で何よりだ。」

「ありがとうございます、艦長。しかし、今回は爆撃予定地点に向かう途中で、敵の銃撃に遭い、作戦を中止して帰ってきてしまいました。申し訳ありません。」

藤田信雄は残念そうに言い、報告を続けた。

「我々は、予定していた地点を目指して飛行していたところ、針路がそれてしまい、小さな街の上空にさしかかりました。それで、高度を下げたところ、地上から銃撃を受けたため、敵から発見されたものと判断し、作戦を中止して、この艦へと戻って来ました。なお、焼夷弾は戻る途中の森林に投棄しました。」

「そうか、だから予定よりも早く戻って来たのか。しかし、地上からの銃撃とは妙だな。機関砲の類ではなかったのか。」

田上明次艦長は、銃撃の話を聞いて不審そうに尋ねた。

「いいえ、確かに小銃の音でした。奥田も聞いています。」

「そうです、艦長。藤田さんの言う通り小銃の音でした。」

奥田省二も、音は小銃で間違いなかったと補足した。

「そうか、わかった。藤田飛行長、焼夷弾は森林に投棄したのだな。」

田上明次艦長は、確認するように尋ねた。

「艦長、陸地の方の空が赤く輝いているようですが、あれは投棄した焼夷弾によって生じた火災によるものですな。」

日下部一男航海長は、陸地の方を指さしながらそう言った。

「はい、とりあえず街から遠く離れた森林に焼夷弾を投棄しましたが、残念ながら目標としているような大森林ではないので、しばらくすると鎮火すると思います。艦長、焼夷弾はあと二発残っています。次こそは必ず、目標地点に焼夷弾を投下してみせます。」

藤田信雄は、空が赤く輝いている陸地の方を見ながら、田上明次艦長と日下部一男航海長に向かって強く訴えた。

「そうか、わかった。次は頑張ってくれ。それから、飛行中に銃撃を受けたのならば、今頃は迎撃機が付近を捜索していることだろう。ここに長居は無用だ。潜航してすぐここを離れよう。航海長、水偵の収容を急がせてくれ。」

田上明次艦長がそう言うと、日下部一男航海長は小型水上偵察機の主翼を折り畳もうとしている水偵作業要員達に作業を急ぐように指示した。

「藤田飛行長、奥田偵察員、詳しい報告は後で聞く。水偵の収容が済み次第潜航するので艦内に入ってくれ。」

藤田と奥田は、田上明次艦長からそう言われて、艦内に戻った。それから間もなくして小型水上偵察機の収容作業が終了したのであった。


発令所に戻った田上明次艦長は、急いで潜航するよう発令所要員に指示し、伊二五潜水艦はすぐに深度四十メートルまで潜航を開始した。

「敵船、若しくは敵機が接近する様子はないか。」

田上明次艦長は、聴音員に尋ねたが、波の音以外は聞こえないという答えだった。そのため、二時間ほどその場に留まった後、潜望鏡深度まで浮上して田上明次艦長と日下部一男航海長は交代で潜望鏡で海上を確認した。

「艦長、海上は静かですね。どうやら、アメリカ軍はこちらまで捜索には来なかったみたいですね。」

日下部一男航海長は、艦の周囲をぐるりと確認して言った。

「そうだな。それに先程陸地に見えた火災も既に消えかけているようだ。」

「そうですか、軍令部の作戦に異議を唱えるわけではないのですが、やはり、たった一機の水偵と二発の焼夷弾で大規模な森林火災を起こすことには無理があったのだと私は、思います。」

本田通信長は、そう言って溜息をついた。

「君もそう思うか。とにかく一旦、この海域から離れよう。もう一度、深度四十メートルまで潜航する。それから回頭して速度五ノットで航行だ。」

田上明次艦長は、発令所の要員にそう指示をした。それから伊二五潜水艦は、ゆっくりと海中にて回頭するとオレゴン州の沖合から離れていったのだった。


十月六日、伊二五潜水艦は、オレゴン州の沖合から約二日程の地点に潜航していた。既にこの艦が横須賀軍港を出航してから五十日以上が過ぎていた。今回の主任務のアメリカ本土爆撃は、三回のうち二回実施していたが、二度目は途中で作戦を中止して焼夷弾を投棄するという決して大成功とはいえない結果のまま、作戦期間の二か月を八日後に迎えようとしていた。九月二十九日に二度目の爆撃を行った後、伊二五潜水艦はアメリカ軍の哨戒網外へと退避し、蓄電池の充電と小型水上偵察機の整備を行っていたが、それらも終了したため、もう一度オレゴン州のブランコ岬に接近し、そこで遭遇したアメリカのタンカーを撃沈した。そのため、アメリカ軍の哨戒機が頻繁にオレゴン州の沖合に現れるようになったため、現在はまたこの海域へと退避してきたのだった。そして、今日になってようやく三度目の爆撃の実施に向けての打合せが午前十一時から行われた。

「藤田飛行長、奥田偵察員、二人とも二度にわたる爆撃はご苦労だった。二人はアメリカ軍の防空網をかいくぐり、オレゴン州の森林に爆撃を敢行し、二度とも無事に帰還した。これは大きな成果だ。しかし、三度目の爆撃は中止し、本作戦を終了しようと思う。」

田上明次艦長は、打合せが始まるや否や、作戦終了ととれる発言を行ったのだった。

「艦長、三度目の爆撃を実施しないとは、一体どういうことですか。」

藤田信雄は、信じられないという表情で田上明次艦長に尋ねた。

「理由は三つある。」

田上明次艦長はそう言って話を続けた。

「我々は二日前にブランコ岬付近でアメリカのタンカーを撃沈した。これによって、現在、この海域の警戒がきびしくなっている。特に哨戒機が頻繁にこの海域の上空を飛んでいる。おそらく今後十日間は、水偵を発進できる地点まで近づくことは難しいだろう。次に食糧の問題だ。本艦に積んでいた食糧の一部が傷んでいたことは既に皆に報せていることだが、艦を預かる者として、食糧不足で乗組員の健康を損なう訳にはいかない。余裕をもって十月二十六日までに帰投することとしたい。」

田上明次艦長は、そこで一旦言葉を切ると皆を見渡してから続けた。

「最後の理由だが、今回の作戦には、初めから無理があった。おそらく軍令部は、焼夷弾を森林に投下さえすれば大火災になるだろうと考えたのだろう。確かに晴天が続いて空気が乾燥していれば、そうなったのかもしれないが、実際はこれまでに森林に何度か雨が降って火災が広がりにくくなっていることも確認されている。こんな状態では大規模な森林火災を起こすのは無理だ。そして、昨日も目標の森林地帯には降雨があったようだ。もう一度、爆撃を実施しても、また、火災はすぐに鎮火することだろう。二度も実施したのだから、もう十分だ。これ以上、作戦を継続しても軍令部が考えているような結果は望めないと考えている。これが、私の考えだ。」

「艦長、言われることはわかります。しかし、それでは、我々は何のために苦労してここまで来たのかわかりません。」

藤田信雄は、立ち上がって田上明次艦長に詰め寄ると抗議の姿勢を顕わにした。

「藤田、落ち着け。座るんだ。」

日下部一男航海長は、そう言うと田上明次艦長と藤田信雄の間に割って入った。藤田信雄は、すぐに冷静さを取り戻して椅子に座った。

「藤田飛行長、君等は実によくやった。おかげで、潜水艦搭載の水偵を使えばアメリカへの空爆も可能だと立証できた訳だ。今回の作戦は、当初の作戦立案に問題があったと私は考えている。潜水艦一隻と水偵による爆撃ではこれが限界だ。これ以上、作戦を継続して君達を犠牲にする訳にはいかん。どうか、こらえてくれ。」

「しかし、作戦を完遂しなくてもよろしいのですか。この次こそ、あの森林地帯を丸焼きにしてみせます。」

藤田信雄は食い下がったが、田上明次艦長は既に作戦中止を決意しているようだった。

「藤田飛行長、何度も言うが、現状、残りの焼夷弾二発で大規模な火災を起こすことは到底無理だ。どうか、わかってくれ。」

藤田信雄は田上明次艦長からそう言われてしばらくの間、考えた後に答えた。

「わかりました、艦長。無理を言って申し訳ありません。」

藤田信雄は、それ以上、艦長の決定には逆らわなかった。これまでに二度、爆撃の機会があったにも関わらず、決して大成功とはいえない結果になったことは、自己の責任でもあると認識していたからだった。

「そうか、今回の作戦はこれで終了するが、我々の報告に基づいて、軍令部が新たな爆撃案を立案することもあるだろう。君達は、今回の爆撃に関する詳細な報告書を作成して欲しい。できれば、帰投するまでに私に見せてくれ。」

田上明次艦長は、藤田と奥田を見てそう言った。だが、藤田信雄は、うなだれて返事さえもできないようだった。

「藤田、思うところはあるだろうが、艦長は無謀な作戦で部下を失いたくないのだ。どうか、わかってやってくれ。」

日下部一男航海長は、藤田信雄の肩に手を置くと優しく言った。

「わかってます。ただ、作戦を完遂できなくて残念だと思う気持ちとは別に、命が助かってよかったというような安堵の気持ちが沸いてきた自分が情けなくてたまらないのです。」

藤田信雄は、そう言いながら直立不動の姿勢のまま、涙が次から次へと流れ落ちるのを止められなかった。そして、そんな藤田信雄にそれ以上誰も声をかけることはできなかった。こうして前代未聞のアメリカ本土爆撃作戦は終了したのだった。

七　帰還

十月十七日、伊二五潜水艦は、アメリカの沖合を離れ、日本への帰途についていた。既に横須賀軍港を出航して二か月が経過していた。十月六日の打合せ後は、アメリカのタンカーを追跡し、これを雷撃にて撃沈したが、追手の駆逐艦からの追撃が執拗であったため、十月十日にアメリカ沖での全作戦行動を終了して帰途についたのであった。そして、その翌日には、浮上航行中の二隻の潜水艦に偶然遭遇し、一隻を撃沈したが、撃沈した方の潜水艦はソ連の潜水艦で、アメリカ軍の潜水艦と並走していたため誤って敵対していない国の潜水艦を撃沈してしまったのであった。もちろん、それは、後になって判明したことである。それからは順調な航海が続き、乗組員は、アメリカが遠ざかり、逆に日本に近づくにつれ、帰ったら風呂に入りたいとか、新鮮な肉や魚をたらふく食べたいと艦内のあちこちで話すことが次第に多くなっていた。このまま無事に帰投できたら乗組員には長期休暇が待っていた。潜水艦に乗っている時は、いつも死と隣り合わせであったが、帰投すれば、久しぶりに家族や恋人のもとに帰れるのだ。乗組員の間にも多少、気の緩みも見受けられるようになったのも無理はなかった。

「藤田さん、こんばんは。甲板も、この時間、大分涼しくなりましたね。」

午後七時過ぎ、藤田信雄が、浮上したばかりの伊二五潜水艦の司令塔の上にいたところ、長澤主計兵曹が声をかけてきた。藤田信雄は、後ろを振り向いて長澤主計兵曹に気づくと笑みを浮かべて言った。

「やあ、長澤か。珍しいな、君がここにいるなんて。いつも烹炊室にいるか、物資の点検で忙しそうにしているのに。」

藤田信雄は、いつも烹炊室に行くと気軽に声をかけてくる長澤主計兵曹を好ましく思っていた。それに年齢も非常に近かったのだ。

「ははは、困りごとがあると毎回、ここに来るんだ。」

「長澤主計兵曹どのにも困りごとがあるとは初耳だね。」

藤田信雄は、少し茶化したように言った。

「そりゃ、あるよ。藤田飛行長どのほどではないがね。こっちは毎日が戦いだよ。」

長澤主計兵曹も、同じように茶化して言葉を続けた。

「特に、食事だね。航海も終わりの頃になると食糧も残り少ないからね。余った食材でいかに飽きさせない食事を皆に提供するかを考えないといけない。文句を言う奴もいるので頭が痛いよ。ところで、今日の夕飯はどうだった。」

長澤主計兵曹は一人で喋ると、突然、今日の食事の感想を藤田信雄に尋ねた。

「え、今日の夕食。まあ、普通かな。いや、美味しかったよ。ただ、献立が三日前と一緒なのは気になったけど。」

藤田信雄は、夕食の内容を思い出しながらそう答えた。

「そうだろうな、まあ、まともに食事を提供できるのは、二か月間が限度だよ。艦内は蒸し暑いからな。傷みやすい食材は早めに使って、残ったのは同じ缶詰ばかりだからな。似たような献立が続くんだ。皆もよく我慢してるよな。」

長澤主計兵曹は、そう言って笑った。

「まあ、もうすぐ日本に着くから、大抵の事は我慢できるよ。あと一週間くらいか、横須賀軍港に着くまで。」

「そうだな、藤田さん。でも、帰投して約一か月経ったらもう次の任務だ。十一月の下旬かな、それとも十二月初旬かな。次は一体どんな作戦に駆り出されるのかわからないが、ますます危険な任務が待っていることはまちがいない。」

長澤主計兵曹は、そう言って溜息をついた。

「俺たちは軍人で、今は戦争中だからな。いつか死ぬかもしれないが、せめて、意味のある死に方をしたいと思うよ。」

「藤田さんは、真っ直ぐだな。あなたのような人には長生きしてもらいたい。あまり、無茶なことはするなよ。」

長澤主計兵曹は、藤田信雄のことを心配してそう言った。

「ありがとう、肝に命じるよ。それから、次もこの艦に配属されたらよろしく頼むよ。」

藤田信雄は、そう言って微笑んだ。

「ああ、なんでも、言ってくれ。大抵のことなら大丈夫だ。」

長澤主計兵曹は、そう言って頷いた。藤田信雄は、それから十分ほど長澤主計兵曹と司令塔の上でとりとめのない話をした後、司令塔から甲板へ降りた。


「藤田飛行長、君も涼んでいたのか。」

藤田信雄が司令塔から降りて艦内に戻る途中、後ろから声をかけられて振り返った。そこには、上着をまとった田上明次艦長の姿があった。

「艦長も、甲板におられたのですか。」

「艦内は蒸し暑いからな。藤田飛行長、もう、艦内に戻るのかね。」

「はい、そのつもりだったのですが、何か御用ですか。」

藤田信雄がそう言うと、田上明次艦長は少したためらってから言った。

「藤田飛行長、実は君に話しておきたいことがあったのだ。丁度いい、少しつきあってもらえないかね。」

藤田信雄は、田上明次艦長からそう言われて何の話か興味が沸いて答えた。

「ええ、艦長、構いませんよ。」

「そうか、では、こちらで話そう。」

田上明次艦長はそう言うと、藤田信雄を後甲板の方へ連れて行った。

「艦長、お話とは一体何でしょう。」

「まあ、座って話そう。藤田飛行長も座りたまえ。」

田上明次艦長は、そう言うと甲板に藤田信雄を座らせ、自らも甲板の上にあぐらをかいて座った。

「艦長、話とは、三度目の爆撃の件ですか。」

「そうだ。先日、三度目の爆撃の機会を私が奪ってしまった。藤田飛行長、君はさぞかし不満に思ったことだろう。」

田上明次艦長は、落ち着いた様子で藤田信雄に言った。

「不満だとは思っていません。艦長はこの作戦の指揮官なのですから、作戦を中止する権限があります。三度目の爆撃を実施したとしても軍令部が考えているような大火災は望めないと予想されたのでしょう。だから、艦長は、この権限を行使したに過ぎません。」

藤田信雄は、田上明次艦長を真っ直ぐに見てそう言った。

「そう、そのとおりだ、藤田飛行長、私は三度目の爆撃を行っても、オレゴン州の大森林に大規模な火災を起こすことは九分九厘無理だと思っていた。」

「艦長、それならば、三度目の爆撃を中止したことは正しい判断だったと思います。」

「藤田飛行長はそう思ってくれているのか。だが、軍令部の立案した正式な作戦である以上、僅かな見込みでもあれば、三度目の爆撃は、本来実施すべきだったかもしれない。今になって私は、あの時に下した判断が正しかったのか迷っているのだよ。」

田上明次艦長は、そう言って天を仰いだ。

「艦長でも、自分の判断に迷う事があるのですか。」

藤田信雄は、驚いて田上明次艦長にそう尋ねた。

「そうだな、自分の判断次第では大勢の部下を無駄死にさせることもありうる。私はそれが一番怖いのだ。潜水艦の乗組員は生きるも死ぬも一蓮托生だ。私が誤った判断を下せば九十四名の命が失われることもありうる。だから、私は、自分が下した判断が本当に正しかったのか、こうして時々一人になって考える事があるのだよ。もちろん、今になって考えたところで取り返しはつかない。せいぜい、自分の判断を正当化するぐらいだ。しかし、そうでもしないと、私は前に進めないんだ。」

田上明次艦長は、そこで一旦、言葉を切り、藤田信雄の顔を見てから話を続けた。

「そうだ、藤田飛行長。君は二度目の爆撃の時に、アメリカの民間人の命を無為に奪わなかったと奥田偵察員から聞いたよ。爆撃を中止した際、焼夷弾を市街地に投棄せずにわざわざ森林の上空へさしかかるまで投棄しなかったそうじゃないか。私は嬉しかったよ。戦争中だからと言って民間人の住む街に容赦なく爆弾を投下するような事をしてしまっては、きっと君は将来後悔していたことだろう。あの時の君の判断は正しかった。君はそれを誇っていい。」

田上明次艦長は、そう言って藤田信雄の肩を叩いた。そして、藤田信雄はゆっくりと前を向いて言った。

「艦長、ありがとうございます。焼夷弾を街の上空で投棄しなかった判断を正しかったと言ってもらってほっとしました。あの時は、街の上空で焼夷弾をさっさと投棄し、急いで帰還することも止む無しと考えてしまいましたが、結局は民間人に犠牲者を出してはいけないと考えて投棄を思いとどまりました。今、艦長からそう言ってもらえて、正直ほっとしました。」

「そうか。藤田飛行長、やはり君は私が思ったとおり正しい判断が下せる帝国軍人だ。これからも、今の気持ちを忘れずに任務に邁進してくれ。」

藤田信雄は、田上明次艦長からそう言われて心が軽くなったように感じた。

「ありがとうございます、艦長。これからも精進します。」

藤田信雄は、そう言ってぺこりと頭を下げた。

「そうか、それでは固い話は終わりだ。しばらく司令塔の上で涼むとしよう。」

田上明次艦長はそう言ってからすくっと立ち上がり、歩きかけて急に立ち止まり、もう一度藤田信雄に向かって言った。

「そうだ、藤田飛行長。二度目の爆撃だが、軍令部には焼夷弾は投棄ではなく、普通に投下したと報告している。二度目の爆撃を中止して焼夷弾を投棄したと正直に報告すれば、三度目の爆撃を必ず実施しろと言われかねないからな。君も帰投後に誰かに聞かれたら爆撃は二度実施したと答えてくれ。」

藤田信雄は、田上明次艦長からそう言われて少し戸惑った。実際、わざわざアメリカまで行ったのに二度目の爆撃を途中で中止して帰還したと軍令部に正直に報告したら三度目の爆撃を必ず実施するよう指示があったことだろう。そして、自分と奥田は出撃して、今度こそ撃墜されて戦死したかもしれない。田上明次艦長は、自分達の事を考えて、司令部に嘘の報告をしたのだった。

「そうだったのですか。わかりました、必ずそのように答えます。」

藤田信雄は、総てを察してそう答えた。

「うむ、よろしく頼むぞ。」

田上明次艦長はそれだけ言うと司令塔に上っていった。それから間もなく藤田信雄も立ち上がり、まだ蒸し暑い艦内へと戻って行った。しかし、ようやくアメリカ本土爆撃という重大任務から解放された実感がわいた藤田信雄の心中は極めて穏やかであった。


十月二十四日、伊二五潜水艦は横須賀軍港に無事帰投した。それから、伊二五潜水艦は補修や補給を済ませると十二月一日にトラック島に向けて出航することになる。伊二五潜水艦は、その後も輸送任務等に従事するが、昭和十八年九月末にエスピリッサント方面で沈没し、乗組員全員戦死した。だが、艦長の田上明次中佐は、伊二五潜水艦が沈没する二か月前に伊十一潜水艦の艦長へ転属し、更にその数か月後には伊四五潜水艦の艦長を務め、太平洋戦争を戦い抜いて終戦を迎えた。田上明次艦長の終戦時の階級は潜水艦隊司令・大佐であった。また、伊二五潜水艦の同型艦である伊三六潜水艦の艦長を務めた稲葉通宗は昭和十九年二月に病気休養のために潜水訓練隊へ転属となり、そのまま終戦を迎えたのであった。

そして、藤田信雄もまた伊二五潜水艦が沈没する六か月前の昭和十八年三月に霞ヶ浦海軍航空隊に転属となり、更に半年後の九月には鹿島海軍航空隊へ転属し、教官として飛行学生の訓練にあたった。ここでも藤田信雄は卓越した操縦技術を披露し、旧式の零式観測機でアメリカ軍のグラマンＦ６Ｆを撃墜している。しかし、終戦間際には特攻隊の一員に選ばれ、一時は死を覚悟したが、出撃の一週間前に終戦を迎えたことにより特攻は中止となった。こうして藤田信雄は、太平洋戦争を生き抜いたのであった。藤田信雄の終戦時の階級は中尉であった。

大日本帝国海軍は小型水上偵察機を搭載できる伊二五潜水艦と同型艦となる大型潜水艦『巡潜乙型・伊一五型』を二十隻建造した。初代艦の伊十五潜水艦は六番艦の伊二五潜水艦よりも一年早い昭和十五年九月に竣工し、最終艦の伊三九潜水艦は昭和十八年四月に竣工した。これら二十隻は、それぞれ約百名近い乗組員を乗せて各戦線へ出撃したが、そのほとんどは沈没し、終戦まで残った艦は伊三六潜水艦一隻のみであった。また、この艦以外にも小型水上偵察機を搭載できる大型潜水艦を数多く建造し、各戦線へ出撃したが、やはり、そのほとんどは沈没している。そしてアメリカ本土に対する攻撃も伊二五潜水艦が小型水上偵察機を用いて行った焼夷弾爆撃が最後となったのである。その後、潜水艦搭載の小型水上偵察機は本来の偵察任務に使われたが、戦局の悪化に伴い小型水上偵察機の搭乗員はほとんどが海軍航空隊等へ転属となり、操縦士育成等の任務に着くようになった。また、昭和十九年になると魚雷を改造した特攻兵器『回天』による特別攻撃隊が組織され、既存の大型潜水艦に数基づつ『回天』が搭載されるようになった。それまでに沈没を免れた大型潜水艦『巡潜乙型・伊一五型』でも、それまでは小型水上偵察機を格納するために設置されていた格納筒を取り払って『回天』が搭載された。こうして、水上機を搭載した潜水艦は活躍の場がなくなったかに見えたが、終戦間際の昭和二十年七月には水上爆撃機『晴嵐』を三機づつ搭載した超大型潜水艦伊四百型潜水艦二隻がウルシー泊地攻撃に出撃した。しかし、目的地にたどり着く途中で終戦となったため、搭載した水上爆撃機『晴嵐』は使用される事はなかった。そして、これを最後に、潜水艦搭載の水上飛行機は歴史から消えたのだった。

昭和二十年八月十五日、日本の無条件降伏にて太平洋戦争は終結した。かつて伊二五潜水艦に乗船していた者のうち、小型水上偵察機の偵察員の奥田省二は戦死していた。そして、元艦長の田上明次大佐は、戦争の責任を果たすべく司令部に残ったが、その翌年、復員船「宗谷丸」の船長として、帰還兵の復員に尽力した。一般の兵士であった藤田信雄は、戦後しばらくして金物商を始め、結婚し、家庭を築いたのだった。

八　戦後日本

昭和三十七年一月、終戦から十七年の歳月が流れ、藤田信雄は四十九歳となっていた。藤田信雄が終戦後に始めた茨城県土浦市にある会社は順調で、社長として忙しい毎日を送る傍ら、二人の子宝にも恵まれていた。アメリカ軍の焼夷弾攻撃によって焼野原となった日本各地も既にそのほとんどが復興していた。もう、多くの人間にとって太平洋戦争は遠い昔のことであって、それは、藤田信雄にとっても同様であった。そんな時に、外務省の役人から藤田宛に連絡があったのだった。藤田信雄は、いったい外務省が自分に何の用だろうと考えたが、さっぱり見当がつかなかった。取り敢えず、自分の会社で会う約束をしたが、どうせたいしたことではないだろうと考えていた。

「お初におめにかかります。外務省の久保と申します。藤田信雄さん、本日は時間をつくっていただきありがとうございます。」

久保と名乗った四十歳くらいの男は丁寧な口調で挨拶をした。女性事務員がすぐにやって来て、久保の前にお茶を置いた。

「いえ、わざわざ来ていただいて申し訳ありません。電話では話せないという事でしたが、一体どういった用件でしょうか。」

会社の応接室のソファに座ると藤田信雄は、早速、久保に尋ねた。最近は多忙なため、用件は早めに済ませたいと考えていたのだった。

「はい、話を始める前に確認しておきたいのですが、藤田さんは太平洋戦争中、潜水艦に乗艦していたことがありますか。しかも、小型水上偵察機の操縦者として。」

久保から思いもよらぬ事を尋ねられて藤田信雄はびっくりした。まさか二十年も前のことを尋ねられるとは思っていなかったからだ。

「そのとおりですが、一体どうして、そのような昔のことを知っているのですか。」

藤田信雄は動揺しながらも、久保に尋ねた。すると久保はゆっくりと話を始めた。

「藤田さん、実は在日米軍から二か月前に問い合わせがありました。昭和十七年九月に日本軍がアメリカのオレゴン州に焼夷弾爆撃を実施した作戦の概要と当時爆撃機に乗っていた日本人搭乗者の氏名及び現在の安否についてでした。私の部下が調査を行い、当時の記録から藤田信雄さんと奥田省二さんが伊二五潜水艦から小型水上偵察機で発艦し、爆撃を行った事が判明いたしました。内容に間違いはないでしょうか。」

「間違いはありません。しかし、米軍が、何故、今になって問い合わせなど。」

藤田信雄は、ひょっとして自分に戦犯の容疑がかかっているのではないかと考えた。

「藤田さん、米軍はどうもその時の搭乗者が存命ならば、自国に招こうと考えているようです。外務省では、戦争中の記録に基づき調査を行い、奥田省二さんは戦死している事を確認しました。しかし、藤田さんは存命ですので現住所を既に在日米軍に伝えました。おそらくは近いうちに藤田さんを招きたいという話があると思いますので、招へいに応じるかどうかは藤田さんに判断していただきたいのです。」

久保は、そこまで言うと目の前に置かれたお茶を一口飲んだ。

「待って下さい、久保さん。私は、わざわざ、アメリカにまで行って、太平洋戦争当時の私が行った爆撃について取り調べを受けないといけないのですか。」

藤田信雄は、話が理解できずに強い口調で久保に尋ねた。

「いえ、取り調べではないようです。私も詳しくは聞かされていないのですが、藤田さんに興味がある人たちがアメリカにいるようなのです。先程も話したとおり、直接、藤田さんに連絡がありますので詳しい事を聞いてみてはいかかでしょう。忙しいようでしたらアメリカ行きは断っても大丈夫だと思いますよ。」

「そうですか、わかりました。連絡があったら理由を尋ねてみます。」

藤田信雄は、一応、久保にはそう言ったものの、アメリカへ行く気はなかった。藤田達の実施したアメリカ本土への焼夷弾爆撃の事は日本では知っている者はほとんどいなかった。また、爆撃のことを知っている者も爆撃の件を決して褒めたりはしなかった。戦争中、霞ヶ浦海軍航空隊の同僚からは、わざわざアメリカ本土を爆撃しに行ったのに、アメリカ人を殺さずに、森の木を数本燃やしただけで帰還した臆病者だと揶揄されることもあったほどだった。藤田信雄がそういった心無い声に耐えられたのは、伊二五潜水艦の田上明次艦長から、敵国人とはいえ民間人に被害を出さないとした自分の判断が正しかったと認めてもらったからだった。だから、アメリカ人が、今更当時の爆撃に興味を持っていると言われても、ぴんとこなかった。久保が帰った後、藤田信雄は、田上明次艦長は今、どうしているのだろうと思った。藤田信雄は、田上明次艦長が終戦後に復員船「宗谷丸」の船長となって、帰還兵の復員に携わったことまでは知っていた。しかし、その後の動向についてはよくは知らなかった。

昭和三十七年二月半ば、果たして藤田信雄をアメリカに招きたいという手紙が外務省を経由して届いた。手紙はオレゴン州ブルッキングス市の青年会議所からで、翻訳した文面も同封されていた。内容としては日米友好親善のために、ブルッキングス市の森林に爆弾を投下した自分とその家族をわが市に招きたいという内容だった。それを読んだ藤田信雄は困惑した。戦争中、祖国に爆弾を落とした軍人を今になって招待したいとは一体どういう事なのだ。民間人に被害はなかっただろうが、私が森林に爆弾を投下したことにより、日本軍の攻撃に恐怖して不眠症になった市民ぐらいはいただろうに、招きたいなどとは何故なのだ。アメリカ人の思考がわからない。藤田信雄は迷った末、今度はこちらから自分の正直な気持ちをしたためた手紙をブルッキングス市の青年会議所宛に送った。

それから、しばらくして、返事が届いた。前回と同じように外務省を経由しており、翻訳した文面も同封されていた。今回はブルッキングス市に招きたいという理由が詳しく記載されていた。それによると、アメリカは開国以来、外敵からの侵入、及び攻撃を許してはこなかった。太平洋戦争中は特に日本軍機の侵入を警戒し、鉄壁の防空網を敷いていたにもかかわらず、藤田中尉は、たった一機の小型爆撃機で、この防空網をかいくぐって爆撃を行ったばかりか、悠々と逃げ去った。爆撃を成功に導いた手腕、そしてその勇気はかつての敵ながら賞賛に値する。初めてアメリカ本土に対して爆撃を成功させた英雄を爆撃地に近いブルッキングス市に招いて日米友好親善の式典を行いたい。そしてそのための費用は、現在、青年会議所が中心となって市民に募金を募っており、十分な額が既に集まっているということであった。藤田信雄は、手紙を読み終わって溜息をついた。日本ではほとんど知っている者がいないアメリカ本土への爆撃をアメリカの市民、それも地元の青年会議所の若者達が興味を持ってくれている。しかも爆撃から二十年も経っているのにだ。藤田信雄は不思議な気持ちだった。伊二五潜水艦に乗り込んでいた当時の事が昨日の事のように思い返された。あの頃は、死ぬことを恐れてはいなかった。爆撃が成功すれば、その後は敵機に撃ち落されて死ぬことも本望であると本気で考えていた。また、焼夷弾投下は成功したものの、発生した火災はすぐに鎮火したので作戦そのものは失敗であると思っていたが、この手紙によれば、開国以来自分たちが初めてアメリカ本土に侵入して爆撃を成功させたことになる。当時のアメリカ本土防衛に携わった者達は、爆撃された場所が、たとえオレゴン州の森林だったとしても、むざむざと爆撃を許してしまったという事実をさぞかしくやしがったのではないか。そう考えると、このことを当時の戦友にも知らせてやりたいと思った。しかし、小型水上偵察機に同乗していた偵察員の奥田省二は戦死し、伊二五潜水艦の乗組員達も田上明次艦長を除いて戦死してしまった。彼らに、もうこのことを伝える事は永遠にできないのだ。だが、もし、彼らが生きていたとしたら、二十年も経ってから、自分達の行ったアメリカ本土爆撃を賞賛する人々が現れた事にびっくりしたに違いない。藤田信雄は、ブルッキングス市の青年会議所からの手紙を握りしめると、久しぶりに、伊二五潜水艦に乗っていた頃の思い出に浸った。

昭和三十七年四月下旬、あれから藤田信雄は、毎日のように二十年前に行った爆撃の事を考えていた。今になって考えると冷静にその時の自分の行動を見つめ直すことができた。そして、いかに当時の自分が命知らずであったかを思い知るのであった。また、二度目の爆撃の際の地上からの銃撃についても、よく考えると、日本機が侵入したというのに、確か街にはサイレンも鳴らず、迎撃機もその後とうとう現れなかった。もしや、あの銃声は自分達を狙ったものではなかったのではないだろうか。または、一般人がライフル銃をたまたま撃った音ではなかったのか。当時は、自分達が狙われたと思い、作戦を途中で中止してしまったが、もし、それが勘違いであったとしたらなんと間抜けな事だったろう。仕事の合間にそういった事を考えていると、ドアを叩く音が聞こえた。

「社長、お客様がお見えです。」

気がつくと、女性事務員が来客を告げに来ていた。考え事にふけっていた藤田信雄は、ようやく我にかえって返事をした。

「わかった。ここに通してくれ。」

藤田信雄の返事を待っていたかのようにドアが開くと二人の男が応接室に入って来た。一人は以前会社を訪れた外務省の久保だったが、もう一人は初対面であった。

「藤田さん、時間をつくっていただいてありがとうございます。今日は私の上司を連れてまいりました。」

「藤田信雄さんですね。私は久保の上司で佐々木といいます。どうぞ、よろしくお願いいたします。」

佐々木は、久保よりも十歳以上は年配で年相応の貫禄があった。

「どうも、わざわざお越しいただきすみません。それで御用とはブルッキングス市の青年会議所からの手紙の件ですか。」

藤田信雄が、そう尋ねると、久保と佐々木は頷いた。

「それで、藤田さん、アメリカ行きの件ですが、どうされるおつもりですか。」

久保は、恐る恐る藤田信雄に尋ねた。

「実は、私の方もブルッキングス市の青年会議所に問い合わせたりして、私を招きたい理由などは聞いたのですが、正直、迷っているところです。」

藤田信雄がそう言うと、佐々木が尋ねた。

「藤田さん、その、迷っているとは、どういう事でしょう。」

「それは、やはり、きちんと言わないといけないでしょうね。手紙を読んでブルッキングス市の青年会議所の若い方々が私に対して好意的であるという事は十分わかりました。しかし、年配の方々はどうでしょう。戦争はとっくに終わったとはいえ、元日本兵ということを大々的に宣伝した私が向こうに行けば、日本人に恨みをはらそうとする連中の攻撃の的になる可能性もあるのではないですか。今の私には家族や会社があります。軽々しく危険な場所へ行けない立場なのです。」

藤田信雄がそう言うと佐々木は、確認するように言った。

「藤田さん、それでは迷っているとは、どう断るか迷っているということでしょうか。」

「そうですね、彼らの思いに答えたいという気持ちはあるのですが。正直、何か私のメッセージをブルッキングス市へ送る事で済ませたいと思っているところです。」

藤田信雄がそう言うと佐々木は、声を荒げて言った。

「藤田さん、それでは困ります。是非、アメリカへ行って下さい。」

「そうです、藤田さん、ブルッキングス市では藤田さんが来られるのを待っているのです。お願いします。」

佐々木だけでなく、久保も大きな声で藤田信雄に言った。

「待って下さい、久保さん。確か、この前は忙しいようだったらアメリカ行きは断っても大丈夫だと言われましたよね。何か、状況が変わったのですか。」

藤田信雄は、二人の態度にびっくりして尋ねた。佐々木は、仕方がないというような顔をすると説明を始めた。

「藤田さん、実は、昨日、在日米軍から再度、この件で連絡がありました。前回は爆撃を行った元日本兵についての現況調査でしたが、今回、該当する藤田さんを必ず渡米させるようにとの要請事項に変更になりました。当初、在日米軍側は、爆撃を行った当事者は既に戦死していると思っていたようです。しかし、当事者が生きている事がわかったので事情が変わったのでしょう。」

「そうですか。でも、必ず渡米させるようにと、いつの間にか強制になったのですね。」

「はい、藤田さん。それは、先方の青年会議所が開催しようとしている式典に関係しているようです。地元の有力議員が、式典の主賓不在では盛り上がらないからと、藤田さんの渡米を米軍に強く申し入れしてきたようです。」

佐々木がそう説明すると、藤田信雄は溜息をついてしばらくの間考えてからゆっくりと口を開いた。

「久保さんに佐々木さん。さっきも言いましたように、私のような元日本軍人が渡米した場合、危害を受ける可能性がありますよね。このような場合、危険を避けるために政府が現地で護衛を私につけるというような事はできませんか。」

佐々木は、藤田信雄の提案を聞いて、苦い顔をして答えた。

「藤田さん、大変申し訳ございませんが、今回の件はオレゴン州のブルッキングス市からの招待であって、米国政府の正式な招待ではありません。従って、日本政府としても特別な計らいはできないのですよ。」

「つまり、日本政府は、私に渡米してブルッキングス市主催の日米友好親善の式典に出席しろ。ただし、何か危害を受けるような事があっても関知しないから、自分の身は自分で守れという事ですね。」

藤田信雄は、少し、やけになってぞんざいな口調で二人に言った。

「藤田さん、これは、民間レベルの日米友好親善のまたとない機会です。藤田さんに式典に参加してもらえば、両国の友好に大いに役立つでしょう。それに、ブルッキングス市は、ニューヨーク市のように危険な都市ではないので心配はいらないかと思います。」

藤田信雄は、佐々木にそう説得されて、とうとう観念した。二人に渡米する事を了承し、先方の青年会議所宛の連絡をお願いすると、一週間もしないうちにアメリカ行きの航空機のチケットが家族分送られて来たのだった。

藤田信雄は、オレゴン州ブルッキングス市行きを決心したが、その後、先方が負担する藤田一家の渡米費用がかなり高額になると知り、それに見合うだけのお返しが必要だと考えた。そこで、藤田信雄は妻に相談し、一つは知り合いを通じて美麗な羽子板を用意することになった。そして、もう一つは、さんざん考えた末、藤田家の家宝ともいえる軍刀を持参することにした。藤田信雄は、この軍刀の国外持ち出しの手続きをすると、家族ともども五月二十三日に羽田空港からオレゴン州ブルッキングス市に向かう飛行機へ搭乗した。藤田信雄は、正直なところ、現地では元日本兵ということもあり、歓迎されないばかりか、危害を加えられる事も覚悟していたが、自分が行くことを待ち望んでいる青年会議所の若者達を失望させることは良くないと考えた。そして、自分に何かあったとしても家族には決して危害が及ばないよう盾となって守ろうと決意しての出国だった。

藤田夫妻と長男は、長時間、航空機を乗り継ぎ、ようやくオレゴン州ブルッキングス市に着いた。藤田信雄は、正直なところ、自分がもう一度、アメリカに来るとは考えてもいなかった。最初のうちは、ここは敵地で、自分は場違いな所に来てしまったという思いでいっぱいだった。数十時間も航空機に乗って、わざわざここまで来てしまった事を、まったく後悔しない訳ではなかった。しかし、飛行場でブルッキングス市の人々が大勢出迎えている光景を見て、藤田夫妻と長男は一様に驚いた。

「藤田信雄さんですね、ブルッキングス市民一同来訪をお待ちしていました。」

藤田信雄の正面に、青年会議所の代表とおぼしき若者五名と通訳の日本人が駆け寄って来ると言った。彼らは自己紹介をすると通訳を通じて感謝の気持ちを述べ、握手を求めてきた。それは、藤田信雄が考えていた以上の歓待であった。そして、藤田信雄は胸が自然と熱くなるのを感じた。

自分達は、かつてこの若者達の父親や祖父達を敵としてお互い戦った。それなのに彼らは、自分に対してこのように接してくれる。ああ、この若者達が住む街に焼夷弾を投下しなくてよかった。あの二度目の爆撃の際、わざわざ、街から遠く離れてから焼夷弾を投棄したことは間違ってはいなかった。戦時中とはいえ敵国の民間人に対して危害は加えないという決意を貫いて良かった。もし、あの時、早く離脱したいばかりに焼夷弾を街の上空で投棄して、その爆発により多くの死傷者が出ていたとしたら、この若者達は自分のことをこのように招待して歓待をしただろうか。藤田信雄は、アメリカから帰還する途中、田上明次艦長が自分の判断が正しかったと言ってくれた事を思い出して涙ぐんだ。

藤田信雄は、到着して二日後にブルッキングス市主催の日米友好親善の式典に出席し、友好の証しとして、日本から持ってきた軍刀と羽子板を市に寄贈した。そして、市民の前で簡単な挨拶をした。その挨拶の中で藤田信雄は、当時の爆撃は、自分が乗り込んだ伊二五潜水艦の乗組員が一丸となって協力してくれたからこそ成功したのだと謙虚な姿勢を崩さなかった。そして、それを聞いていた市民は、藤田信雄の偉業だけではなく、その人柄にも好感を持ち、挨拶が終わった後、多くの市民が藤田信雄に駆け寄り、握手を求めたのであった。

藤田信雄は、約二週間にわたってアメリカに滞在した後、日本へ帰国した。藤田信雄は、すぐに外務省の久保へ電話すると、ブルッキングス市での式典に出席して無事に帰国したことを電話で報告した。

「藤田さん、何事もなくてよかったです。今回はご苦労様でした。何か困った事はなかったですか。」

「いえ、向こうでは、大歓迎を受けました。ブルッキングス市に行って本当に良かったです。いえ、もし、行かなかったら逆に後悔していたでしょう。」

藤田信雄は、そう言ってから、ブルッキングス市の式典での歓迎ぶりを久保にも話した。

「そうですか、それは本当に良かった。その事は、私から田上明次さんにもお伝えしておきましょう。」

藤田信雄は、久保から田上明次の名前を聞いてびっくりした。

「久保さん、あなたは田上さんをご存じなのですか。」

「はい、実は在日米軍から、最初に問い合わせがあった時に、当時の記録から潜水艦の艦長だった田上明次さんの名前もわかりましたので、私が直接、お目にかかって、オレゴン州の爆撃に関する話を伺いました。」

「そうですか。田上艦長、いや、田上明次さんはお元気なのですか。」

「はい、お元気そうでした。そして、田上明次さんに、ブルッキングス市の青年会議所が藤田さんを招待しようとしている件も話しました。すると、田上明次さんは、私の方から藤田さんにアメリカ行きを是非勧めて欲しいと頼まれたのです。」

「えっ、そうだったのですか。しかし、久保さんは、田上明次さんの事は何も言っていなかったですよ。」

「はい、田上明次さんは、私に藤田さんのアメリカ行きを自分が勧めている事は話さないでくれと言いました。元上官の自分がそう言っていると伝われば、アメリカ行きを藤田さんに強制しているようにとられてしまうからと言っていました。今の自分は藤田さんの上官でも上役でもないと。」

「そうですか、田上さんらしいですね。」

「藤田さん、実は、私は田上明次さんから藤田さんにアメリカ行きを説得してもらおうとも思っていました。実際、田上明次さんにそのことを話すと、藤田さんなら必ず正しい選択をするから心配ないと言われました。結果、あなたは自分で判断してアメリカへ行った。」

「久保さん、私は、あなたから説得されて渋々、アメリカ行きを承知したと記憶しているのですが。」

「とんでもない。私は、藤田さん、あなたの背中を押してあげただけですよ。」

久保は、そう言って電話口の向こうで笑った。藤田信雄は、それからブルッキングス市での式典の内容などの詳細を説明したあと電話を切った。藤田信雄は、これで日米友好親善の役割は総て終わったと思った。もう、アメリカへ行くことも、オレゴン州での爆撃の件を人に話すこともないだろう。実際、二十年も前の出来事なのだからと。

しかし、藤田信雄とブルッキングス市の青年会議所とのやり取りはそれからも続いた。式典の時期になると、藤田宛に式典に対するコメントの原稿を寄せてくれと丁寧な手紙が届き、しばらくすると、その年の式典のパンフレットと式典の様子を写した写真が届いた。藤田信雄は、これらの写真を見ながら、何か、このブルッキングス市の人々にお返しがしたいと考えるようになったが、一体何をすればいいのか考えあぐねていた。

昭和五十年代になると、幾つかの転機が藤田信雄に訪れた。一つは、会社の倒産である。息子に社長の座を譲ってからしばらくして、大口の取引詐欺により藤田信雄が長年築き上げた会社は倒産し、資産もほとんど失ってしまったのである。もう一つは、田上明次の訃報である。伊二五潜水艦の艦長としてオレゴン州での爆撃作戦を指揮した名艦長。この田上明次の死は、藤田信雄にとって非常につらい出来事であった。そんな失意の中、藤田信雄は一つのニュースに注目した。藤田信雄が住んでいた茨城県土浦市の隣の筑波研究学園都市で昭和六十年につくば科学万博が開催されることになったのだ。藤田信雄は、このつくば科学万博にブルッキングス市の学生を招待することを思いついた。それは、昭和三十七年五月に藤田達家族がブルッキングス市に招待され、大歓迎を受けたお返しをしたいと今までずっと考えていたが、この時、つくば科学万博の開催を知ってようやくブルッキングス市民へのお返しともいうべき事を思いついた事が正直嬉しかった。ただ、そのための費用が今の藤田信雄には捻出できなかった。会社の倒産により自宅以外の資産や貯金もなかったため、日々の生活費にも事欠く有様だった。その上、藤田信雄は、もうじき七十歳になろうという年齢であったが、目標ができた今、学生の招待に必要なお金を必ず貯めようと固く心に誓ったのだった。

まず、藤田信雄は、海軍航空隊時代の教え子を頼って、近場の工場に就職すると身を粉にして働き始めた。藤田信雄は既に七十歳を超えていたが、つくば科学万博にブルッキングス市の学生を招待するために、まわりの者達がびっくりするぐらい一生懸命に働いた。そして働いて得た金のほとんどは貯金し、自分自身は、倹約を重ねて質素な生活を続けたのだった。それから数年後、藤田信雄は、つくば科学万博が開催される前年になってようやく目標の金額が貯まる目途がたったためブルッキングス市に連絡して学生をつくば科学万博に招待したいと申し出たのだった。

藤田信雄からのこの突然の申し出にブルッキングス市側は驚いた。昭和三十七年五月の式典以来、日本人の藤田信雄と友好関係を築いてはいたが、まさか藤田信雄がこのような申し出をしてくるとは思っていなかったからだった。ブルッキングス市では、藤田信雄からの申し出を受けるに際して最大級の感謝を示そうとの話となった。そして、アメリカ大統領ロナルド・レーガンからの感謝の言葉を藤田信雄に贈ろうとの意見が出されたのである。しかし、これは簡単なことではなかった。当時の藤田信雄は、ただの一般人に過ぎないため、アメリカ大統領から感謝の言葉を贈られるのにふさわしい人物なのか、当時の政府と大統領に納得してもらう必要があったからだ。ブルッキングス市は早速、藤田信雄に関する詳細な資料を作成して当時の政府と大統領に対して何度も説明を行った。

昭和六十年になり、筑波研究学園都市でつくば科学万博が開催された。藤田信雄は、ブルッキングス市の高校生三人を招き、六月八日に土浦市でこの高校生達の歓迎会を開催したのだった。そしてその席で藤田信雄は、今回高校生三人を科学万博に招いた事に対してアメリカ大統領ロナルド・レーガンから感謝の言葉と星条旗を受け取った事を出席者に報告したのである。この時、感謝の言葉と一緒に贈られた星条旗はホワイトハウスに実際に掲揚されていた物であった事が藤田信雄に対する最大級の謝辞を表していたといえる。

藤田信雄とブルッキングス市の交流はその後も続き、平成二年、平成四年、平成七年の三回にわたって、藤田信雄はブルッキングス市を訪れ、日米友好親善の役割を果たした。そして、平成九年九月三十日に藤田信雄が亡くなる直前にブルッキングス市の名誉市民となった。その後、藤田信雄の遺骨の一部は、本人の遺言によりオレゴン州の森林に散骨されたのだった。

こうして、昭和十七年九月、伊二五潜水艦の乗組員の協力のもと、藤田信雄と奥田省二は、小型水上偵察機によってアメリカ本土オレゴン州の奥深い森林への爆撃を成功させたが、戦局にはほとんど影響を与えなかった。しかし、その後、太平洋戦争を生き抜いた藤田信雄は、爆撃から二十年経って、かつて爆撃したオレゴン州の森林のあるブルッキングス市の市民から賞賛を持って招待されるに至った。こうして藤田信雄にとっての太平洋戦争は本当の意味で終わり、その後、実に三十五年にわたってブルッキングス市と交流を続け、日米友好親善の役割を果たしたのであった。

終

あとがき

最後まで読んでいただきありがとうございました。私が藤田信雄を主人公に小説を書きたいと思い立ってから約七年が経ってしまいました。本小説は、藤田信雄という実在の人物が実施したアメリカ本土爆撃を描いていますが、随所にフィクションを散りばめています。潜水艦出航直後の「試験潜航」の場面や、七日分の食糧が傷んで廃棄せざるを得なくなった場面、それに二度目の爆撃について、途中で地上から銃撃を受け、爆撃を中止し、艦へ引き返すという場面などです。

また、戦後、生き残った藤田信雄を待ち受けていた意外な運命が、この物語の一番の見どころといえます。大戦中に爆撃を行った藤田信雄が意外にも、爆撃した森林の近くにある街、ブルッキングス市の市民から、アメリカ本土への爆撃を成功させた英雄として招かれたばかりか、現地で大歓迎を受けます。そしてその後、ブルッキングス市の市民との交流を続けていきます。このような展開を誰が予想できたでしょう。そして、藤田信雄はこの時の歓待に報いるべくブルッキングス市の学生を日本に招待しようと懸命に働いてお金を貯めます。それも七十歳という高齢になってです。自分もこのような生き方をしたいものだと思います。

【参考文献】

・『潜水艦大作戦』 株式会社新人物往来社　発行
・『日本の潜水艦パーフェクトガイド』 株式会社学習研究社　発行
・『決定版　伊号潜水艦』 株式会社学研パブリッシング　発行
・『決定版　日本海軍潜水艦図鑑』 古田和輝　著　株式会社ダイアプレス　発行
・『潜水艦入門』 木俣滋郎　著　株式会社光人社　発行
・『幻の潜水空母』 佐藤次男　著　株式会社光人社　発行
・『日本陸海軍　軍用機図鑑』 マイウェイ出版株式会社　発行
・『連合艦隊　兵装カタログ』 オフィス五稜郭　編　株式会社双葉社　発行

渡部　久人（わたなべ ひさと）

昭和 36 年、宮崎県延岡市に生まれる。
昭和 59 年、大分大学経済学部卒業。
同年、延岡市役所入庁
固定資産税、水道料金、保育所、介護保険業務等に従事する。
令和 4 年、延岡市役所退職

アメリカ本土爆撃命令

2024 年 7 月 11 日　第 1 刷発行

著　者　　渡部久人

発行人　　大杉　剛
発行所　　株式会社 風詠社
〒 553-0001　大阪市福島区海老江 5-2-2 大拓ビル 5 - 7 階
Tel 06（6136）8657　https://fueisha.com/
発売元　　株式会社 星雲社（共同出版社・流通責任出版社）
〒 112-0005　東京都文京区水道 1-3-30
Tel 03（3868）3275
印刷・製本　小野高速印刷株式会社

ISBN978-4-434-34279-0 C0093
乱丁・落丁本は風詠社宛にお送りください。お取り替えいたします。

料金受取人払郵便

大阪北局
承　認

1635

差出有効期間
2025 年 1 月
31日まで
（切手不要）

郵便はがき

553-8790

018

大阪市福島区海老江5-2-2-710

㈱風詠社

愛読者カード係 行

ふりがな お名前		大正　昭和 平成　令和　　年生　　歳	
ふりがな ご住所	□□□-□□□□	性別 男・女	
お電話 番　号		ご職業	
E-mail			
書　名			
お買上 書　店	都道府県　　市区郡	書店名	書店
		ご購入日	年　月　日

本書をお買い求めになった動機は？
1. 書店店頭で見て　2. インターネット書店で見て
3. 知人にすすめられて　4. ホームページを見て
5. 広告、記事（新聞、雑誌、ポスター等）を見て（新聞、雑誌名　　　　）

風詠社の本をお買い求めいただき誠にありがとうございます。
この愛読者カードは小社出版の企画等に役立たせていただきます。

本書についてのご意見、ご感想をお聞かせください。 ①内容について	
②カバー、タイトル、帯について	
弊社、及び弊社刊行物に対するご意見、ご感想をお聞かせください。	
最近読んでおもしろかった本やこれから読んでみたい本をお教えください。	
ご購読雑誌（複数可）	ご購読新聞 新聞

ご協力ありがとうございました。

※お客様の個人情報は、小社からの連絡のみに使用します。社外に提供することは一切ありません。